KB117063

amélie nothomb

샴페인 친구

아멜리 노통브 지음   이상해 옮김

이 책은 실로 꿰매어 제본하는 정통적인 사철 방식으로 만들어졌습니다.
사철 방식으로 제본된 책은 오랫동안 보관해도 손상되지 않습니다.

도취는 즉흥적으로 이뤄지지 않는다. 그것은 재능과 몰두가 요구되는 예술에 속한다. 술을 무턱대고 마셨다가는 어디에도 이르지 못한다.

최초의 만취가 대개의 경우 기적적인 것은 순전히 그유명한 초심자의 행운 덕분이다. 정의상, 그 행운은 두번 다시 찾아오지 않을 것이다.

나도 한동안은 다른 사람들처럼 이 파티 저 파티 돌아다니며 삶을 받아들일 만하게 만들어 주는 취기에 빠져들 요량으로 비교적 센 술을 찾아 마셨다. 대개 머리가 아프고 속이 쓰린 숙취가 그 주된 결과였다. 그럼에도 나는 이러한 탐구에서 더 나은 것을 얻어 낼 수 있을지 모른다는 생각을 떨쳐 버릴 수 없었다.

나의 실험적 기질이 단단히 한몫을 했다. 약효를 알아 낼 목적으로 미지의 약초를 씹어 먹어 보기 전에 참혹할 정도의 절식을 했던 아마존 샤먼들을 본받아, 나는 세상에서 가장 오래된 탐구 기술을 사용했다. 다시 말해, 쫄쫄 굶었던 것이다. 금욕은 과학적 발견에 꼭 필요한 공백을 자신 속에 만들어 내는 본능적인 방식이다.

훌륭한 와인을 맛볼 때 〈안주 챙겨 먹기〉를 강요하는 사람들보다 나를 슬프게 하는 것은 없다. 그것은 음식에 대한 모욕이고, 음료에 대해서는 더더욱 그렇다. 「안 그러면 취해 버리거든요.」 설상가상 그들은 이렇게 웅얼거린다. 난 그들에게 예쁜 아가씨들에게 아예 눈길도 주지 말라고 말해 주고 싶다. 반해 버릴 위험이 있으니까.

술을 마시면서 취하지 않으려 드는 것은 성스러운 음악을 들으면서 숭고한 감정에 빠지지 않으려는 것만큼이나 불명예스러운 행동이다.

따라서 나는 금식을 했다. 그리고 뵈브 클리코로 금식을 깼다. 좋은 샴페인으로 시작하자는 생각이었기에,

뵈브는 나쁜 선택이 아니었다.

왜 하필 샴페인이냐고? 샴페인에 취하는 건 다른 술에 취하는 것과 전혀 다르니까. 술마다 사람을 취하게 하는 힘은 서로 다른데, 샴페인은 천박한 메타포를 불러오지 않는 몇 안 되는 술 중 하나다. 이 술은 신사라는 멋진 말에 의미가 있었던 시대에 아마 그 신사의 조건이었을 것 같은 상태로 영혼을 고양시킨다. 사람을 우아하고, 가벼운 동시에 깊게 그리고 사심이 없게 만들어 준다. 샴페인은 사랑을 부채질하고, 사랑의 상실에 고상함을 부여한다. 이러한 이유들 때문에 나는 그 묘약에서 더 나은 것을 얻을 수 있을 거라고 생각했다.

한 모금 넘기자마자 나는 알았다, 내가 옳았다는 것을. 샴페인이 그토록 감미로웠던 적은 결코 없었다. 서른여섯 시간의 금식으로 한껏 벼려진 내 미각 돌기들은 그 액체의 맛을 속속들이 감지했고, 처음에는 기교를 부리다가 곧 빛을 발하고 끝으로 꽁꽁 얼어붙는 그 새로운 쾌락에 몸서리를 쳤다.

나는 용감하게 계속 마셨다. 병이 점점 비워짐에 따라, 나는 실험의 성격이 바뀌고 있다는 것을 느꼈다. 내가 도달한 것은 도취라는 이름보다는 오늘날 과학계에서 거창하게도 〈의식의 증대 상태〉라고 부르는 것과 더 잘 어울렸다. 샤먼이라면 그것을 신들린 상태, 마약 중독자라면 환각 상태라고 부를 것이다. 나는 헛것을 보기 시작했다.

저녁 6시 30분, 주위에 어둠이 깔리고 있었다. 나는 가장 어두운 곳을 바라보았다. 내 눈과 귀에 아름다운 것들이 보이고 들렸다. 그들의 영롱한 광채가 보석, 금과 은으로 살랑거렸다. 그것들은 마치 뱀처럼 움직였는데, 그들이 장식했어야 했을 목, 손목, 손가락을 호출하지 않고 그들 자체로 자족하며 그 사치스러움의 절대성을 선언했다. 그들이 점점 가까이 다가오자, 나는 그들의 금속성 냉기를 느꼈다. 나는 거기서 차가운 눈의 향락을 길어 냈고, 그 차가운 보물에 얼굴을 묻을 수 있기를 바랐다. 가장 놀라운 순간은 내 손바닥에서 실제로 보석의 무게를 느낀 순간이었다.

내가 탄성을 내지르자, 즉시 환각은 사라졌다. 나는 한 잔을 더 마셨고, 그 음료가 그와 결부된 환영들을 불러온다는 사실을 깨달았다. 그 액체의 금빛은 팔찌가,

거품은 다이아몬드가 되어 흘렀다. 목 넘김의 짜릿함은 은의 차가움과 일치했다.

다음 단계는 생각이었다. 내 정신을 사로잡은 그 흐름을 생각이라고 정의할 수 있다면 말이다. 생각하는 것을 되새김질로 끈적이게 만드는 숙고와는 정반대로, 그것은 뱅그르르 돌고, 팔짝팔짝 뛰고, 온갖 가벼운 것들을 마구 뿜어내기 시작했다. 마치 나를 흘리려는 것 같았다. 그게 평소와 너무 달라서 나는 실실 웃음이 나왔다. 그것이 거지 같은 집의 상태에 화를 내는 세입자처럼 나에게 불평불만을 쏟아 내는 것에 익숙했으니까.

갑자기 나 자신과 그렇게 기분 좋게 어울릴 수 있게 되자 새로운 지평들이 열렸다. 나 역시 누군가에게 그처럼 좋은 벗이 되고 싶었다. 누가 좋을까?

나는 아는 얼굴들을 떠올려 보았다. 개중에는 호감 가는 사람들도 없지 않았지만, 적당한 사람을 찾아내지는 못했다. 나처럼 기꺼이 금식을 한 다음 나처럼 열정적으로 마셔 줄 사람이 필요할 테니까. 나는 내 헛소리가 금욕주의자를 즐겁게 해줄 수 있으리라고 믿을 만큼 오만하지는 않았다.

그사이, 나는 병을 다 비우고 완전히 취해 버렸다. 나는 겨우 일어나 걸어 보려고 애썼다. 평소 너무 복잡해 엄두도 못 내던 춤이 절로 취지자 내 두 다리가 감탄을 금치 못했다. 나는 비틀거리며 침대까지 걸어가 그곳에 거꾸러졌다.

이러한 자아 상실은 하나의 열락이었다. 나는 샴페인의 정령이 내 행동을 칭찬하는 것을 깨달았다. 내가 그를 귀한 손님으로 내 안에 맞아들여 극진히 대접하자, 그 정령은 그 대가로 나에게 많은 선행을 베풀었다. 최후의 난파까지도 하나의 은총이었다. 율리시스에게 귀족적인 무모함이 있어 제 몸을 돛대에 묶지 않았다면, 그는 샴페인의 궁극적인 힘이 날 이끌어 간 곳까지 날 쫓아왔을 것이고, 나와 함께 사이렌들의 금빛 노래에 흔들려 가며 대양의 밑바닥으로 가라앉았을 것이다.

내가 그 심해에, 잠과 죽음의 중간 단계에 얼마나 머물렀는지는 나도 모르겠다. 나는 거의 혼수상태로 깨어날 거라고 예상했다. 내 예상이 틀렸다. 그 잠수에서 깨어난 나는 또 다른 쾌락을 발견했다. 마치 설탕에 절여진 것처럼 나를 둘러싸고 있는 안락의 디테일들이 하나하나 강렬하게 느껴졌다. 피부에 와 닿는 옷의 감촉은 날 소스라치게 했고, 허물어지는 내 몸을 받아들인 침대의 감각은 사랑과 이해의 약속을 내 뼛속까지 전파했다. 내 정신은 〈가시적인 형태〉라는 생각의 어원으로 되돌아갔다. 생각이란 무엇보다 우리가 보는 어떤 것이다.

따라서 나는 내가 난파를 당해 알 수 없는 해변에 좌초한 후, 거기서 어떤 계획을 세우기 전의 율리시스라는 것을 〈보았다〉. 나는 내가 살아남았고, 멀쩡한 사지, 이전보다 더 망가지지는 않은 뇌를 유지한 채 지구의 단단한 부분에 누워 있다는 사실에 놀랐고, 그 놀라움을 음미했다. 파리에 있는 내 아파트는 미지의 해안으로 변해 있었다. 나는 오줌이 마려웠지만 거기서 마주치게 될 신비스러운 원주민들에 대한 호기심을 더 오래 간직하기 위해 꾹 참았다.

곰곰이 생각해 보니, 내 상태에 딱 한 가지 아쉬운 게 있었다. 나는 도취의 상태를 누군가와 함께 나눌 수 있기를 바랐다. 나우시카[1]나 키클롭스[2] 정도면 딱 좋을 것 같았다. 사랑이나 우정은 그 숱한 탄성의 이상적인

11

울림통이 될 터였다.

〈남자든 여자든, 나한테는 술친구가 되어 줄 사람이 필요해.〉 나는 이렇게 생각하며 정착한 지 얼마 안 되는 파리에서 내가 아는 사람들의 얼굴을 떠올려 보았다. 그 짧은 명단에는 호감은 가지만 샴페인을 마시지 않거나, 샴페인은 물처럼 마시지만 전혀 호감이 가지 않는 사람들만 있었다.

나는 화장실까지 가는 데 성공했다. 화장실에서 돌아오면서 나는 창밖에 펼쳐진 파리의 앙상한 풍경을 바라보았다. 행인들이 거리의 어둠을 밟으며 걷고 있었다. 나는 곤충학자처럼 웅얼거렸다. 「저건 파리 사람들이야. 내가 저리 많은 사람 중에 술친구가 되어 줄 사람하나 찾지 못한다는 건 말이 안 돼. 이 빛의 도시에는 함께 빛을 마실 누군가가 반드시 있을 거야.」

---

1 난파한 오디세우스를 구해 아버지의 궁전으로 데려간 공주. 이하 모든 주는 옮긴이의 주.
2 『오디세이아』에 등장하는 외눈박이 거인.

나는 파리에 둥지를 튼 나이 서른의 소설가였다. 서점주들은 자기네 서점에 와서 사인회를 해달라고 나를 초대했고, 나는 단 한 번도 거절하지 않았다. 사람들이 날 보기 위해 몰려왔고, 나는 웃는 얼굴로 그들을 맞았다. 「그녀는 참 친절해.」 사람들은 이렇게 말했다.

　사실 나는 수동적인 사냥을 했다. 호기심 많은 구경꾼들의 먹잇감이었던 나는 내심 술친구가 될 만한 사람이 누가 있을까 하고 생각하며 그들을 하나씩 훑어보았다. 무모하기 짝이 없는 사냥! 무엇을 보고 그런 사람을 찾아내겠는가?

　빵을 나눠 먹는 사이라는 어원을 갖고 있는 〈동무

compagnon〉라는 낱말 자체가 벌써 마음에 들지 않았다. 나에게 필요한 건 〈술친구*comvignon*〉였다.[3] 몇몇 서점주들은 내게 와인이나, 가끔은 샴페인을 대접하기도 했는데, 그 덕분에 나는 사람들의 눈에서 욕망의 섬광을 살필 수 있었다. 나는 너무 과하지만 않다면 사람들이 내 잔에도 탐욕의 눈길을 던져 줬으면 하고 바랐다.

사인회에는 상대방이 뭘 원하는지 아무도 모른다는 근본적인 모호함이 있다. 수많은 기자들이 나에게 이 질문을 던졌다. 「이런 종류의 만남에서 뭘 기대하십니까?」 내가 보기에 이 질문은 독자들에게 하는 게 훨씬 타당할 것 같다. 저자의 사인을 소중하게 보관하는 몇 안 되는 물신 숭배자들을 제외하고, 사인 애호가들은 도대체 뭘 얻으러 오는 걸까? 나는 날 보러 오는 사람들에 대해 깊은 호기심을 느낀다. 그들이 누구이며, 도대체 뭘 원하는지 알아내려고 애쓴다. 이 점은 끝없이 나를 매료시킬 것이다.

오늘날에는 약간 덜 알쏭달쏭하기는 하다. 파리에서

---

3 *compagnon*(동무, 동료)가 *pain*(빵)을 함께 나누는 사이라는 의미이듯이, *comvingon*은 *vin*(와인)을 함께 나누는 사이라는 의미로 만든 조어다.

가장 예쁜 아가씨들이 내 앞에 줄을 선다는 사실을 나만 눈여겨본 것은 아니다. 나는 그 미녀들을 유혹할 목적으로 내 사인회를 들락거리는 많은 남자들을 흥미로운 눈길로 지켜본다. 환경은 아주 이상적이다. 왜냐하면 내가 속이 터질 정도로 사인을 느리게 해주기 때문에 유혹자들이 작업을 벌일 시간이 충분하기 때문이다.

이 이야기는 1997년 말로 거슬러 올라간다. 당시에는 이런 현상이 확연히 눈에 띄지 않았는데, 내 독자의 수가 훨씬 적었고 그 필연적인 결과로써 꿈에 나올 법한 미녀들이 거기에 속할 가능성이 낮았기 때문이다. 당시는 개척 시대였다. 서점주들이 나에게 샴페인을 대접하는 경우는 거의 없었다. 내 책을 내는 출판사에 아직 내 방이 없을 때였다. 나는 인류가 선사 시대를 떠올릴 때와 마찬가지로 감동 어린 공포를 느끼며 그 시절을 떠올린다.

그녀를 처음 봤을 때 너무 어려 보여서 나는 열다섯 살 소년으로 착각했다. 지나치다 싶을 정도로 강렬한 눈빛 때문에 더더욱 그랬다. 그녀는 마치 내가 자연사

박물관에 전시된 조치수(彫齒獸)⁴ 화석이라도 되는 것처럼 나를 뚫어지게 쳐다보았다.

내 소설은 청소년들 사이에서 많이 읽힌다. 학교에서 시켜서 억지로 읽는 경우는 그리 흥미롭지 않지만, 그 또래가 자발적으로 내 책을 골라 읽으면 언제나 마음이 설렌다. 그래서 나는 꾸밈없는 열의를 드러내며 그 소년을 맞이했다. 그는 혼자였다. 따라서 선생이 시켜서 온 게 아니었다.

그가 나에게 『사랑의 파괴』를 내밀었다. 나는 면지를 펼치고 통상적인 질문을 했다. 「안녕. 누구 이름으로 해줄까요?」

「페트로니유 팡토.」 성별을 가늠할 수 없는, 하지만 남성적이기보다는 여성적인 목소리가 대답했다.

나는 화들짝 놀랐다. 그가 여자라는 걸 알아서가 아니라 누구라는 걸 알았기 때문에.

「당신이에요?」 내가 외쳤다.

사인회에서 이런 순간을, 편지를 주고받는 사람이 떡하니 내 앞에 나타나는 순간을 몇 번이나 경험했던가.

4 남미에서 화석으로 발견되는 거대 포유류.

그 순간의 충격은 언제나 강렬하다. 종이의 만남에서 살과 뼈의 만남으로 건너가는 것, 그건 다른 차원으로 넘어가는 것이다. 그것이 2차원에서 3차원으로 넘어가는 것인지는 확실치 않다. 어쩌면 그 반대일지도 모르니까. 많은 경우, 편지만 주고받던 사람을 실물로 보는 건 퇴행하는 것, 평평함으로 돌아가는 것이다. 그리고 끔찍한 것은 그것이 돌이킬 수 없다는 점이다. 신만이 아는 어떤 이유로 상대방의 모습이 서신을 주고받으며 상상했던 것과 맞아떨어지지 않으면, 서신은 결코 이전의 수준에 도달하지 못할 것이다. 우리는 그것을 잊을 수도, 빼고 생각할 수도 없을 것이다. 적어도 나는 그럴 수가 없다. 이것은 부조리하다. 이러한 서신 교환의 목표는 연애가 아니기 때문이다. 아마도 오류는 사랑에 있어서만 생김새가 중요하다고 믿는 데 있을 것이다. 나를 포함한 대다수 사람들에게 생김새는 우정에 있어서, 심지어 가장 기본적인 관계에 있어서도 중요하다. 내가 여기서 말하려는 건 아름다움이나 추함이 아니라, 너무나 모호하고 중요해서 사람들이 〈인상〉이라 명명하는 것이다. 우리가 첫눈에 사랑하게 되는 운 좋은 사람들이 있는가 하면, 도저히 액자에 넣을 수 없는 불행한 사람들도 있다. 그것을 부인하는 것은 또 하나의 부당함이 될 것이다.

물론 바뀔 수도 있다. 인상은 안 좋지만 성격이 너무 좋아서 우리가 그 인상에 익숙해지거나 그것을 오히려 높이 평가하게 되는 사람들도 있다. 정반대로, 인상이 아무리 좋아도 성격이 마음에 들지 않으면 인상마저도 서서히 매력 없어 보이는 경우도 있다. 그렇지만 출발점에서 주어진 것으로 시작해야 하는 건 변함없는 사실이다. 만남의 순간은 우리가 순간적으로 상대방의 몸을 평가하게 되는 순간이다.

「예, 저예요.」 페트로니유가 대답했다.

「당신이 이럴 거라고는 상상하지 못했어요.」 나는 이렇게 말하지 않을 수 없었다.

「제가 어떨 거라고 상상했는데요?」 그녀가 물었다.

내 멍청한 발언에 이 질문이 되돌아온 것은 불가피한 일이었다. 그런데 나는 실제로 그녀가 그럴 거라고는 상상하지 못했다. 편지를 교환하다 보면 상대방의 이미지가 아니라 그의 생김새에 대한 막연한 직감 같은 것을 가지게 된다. 페트로니유 팡토는 지난 3개월 동안 나에게 손 편지 두세 통을 보냈는데, 나이를 밝히지는 않았다. 워낙 깊이 있고 난해한 얘기들을 써 보내서 나는 나이가 지긋한 사람인 줄 알았다. 그런데 빨간 고추를 닮은 눈길을 가진 소녀와 맞닥뜨렸던 것이다.

「훨씬 나이가 많은 사람인 줄 알았어요.」

「저, 스물두 살이에요.」

「훨씬 어려 보여요.」

그녀가 하도 들어 지겹다는 듯 눈을 들어 천장을 올려다봤는데, 그 표정이 재미있었다.

「직업이 뭐예요?」

「학생.」 그러고는 다음 질문을 차단하려는 듯 덧붙였다. 「석사 과정에서 엘리자베스 시대 문학을 전공하고 있어요. 셰익스피어의 동시대인에 관한 논문을 쓰고 있죠.」

「대단해요! 셰익스피어의 동시대인, 누구?」

「절대 모르실걸요.」 그녀가 시큰둥하게 대답했다.

나는 기어이 웃음을 터뜨리고 말았다.

「말로와 존 포드를 읽다가 가끔 내 책에도 눈길을 줄 시간이 있나 보죠?」

「놀기도 해야 하니까요.」

「당신의 오락거리가 되어서 좋네요.」 내가 결론 내리듯 말했다.

시간만 있었다면 기꺼이 더 길게 얘기를 나눴겠지만, 다른 이들이 줄을 서서 기다리고 있었다. 사인회의 만남은 짧아야만 하는데, 대개의 경우 그래서 편한 측면도 있다. 나는 그녀가 가져온 『사랑의 파괴』 면지를 펼치고 몇 자 적었다. 뭐라고 적었는지는 전혀 기억이 나질 않는다. 특별한 경우를 제외하고, 사인회에서 내게 중요한 건 내가 사인과 함께 써주는 문구가 아니다.

사인을 받은 사람들은 대부분 두 가지 태도를 보인다. 전리품을 챙겨 가버리는가 하면, 옆에 가만히 서서 사인회가 끝날 때까지 나를 지켜보기도 한다. 페트로니유는 남아서 나를 관찰했다. 나는 그녀가 나를 대상으로 야생 동물 다큐멘터리를 찍고자 한다는 느낌을 받았다.

다큐의 무대는 파리 17구 레비 가 69번지에 위치한 멋지지만 코딱지만 한 서점 〈아스트레〉였다. 서점 주인 미셸과 알랭 르무안 부부는 평소처럼 황송할 정도로 친절하게 작가와 독자들을 대접했다. 10월 말이라 해가 지면 날씨가 벌써 쌀쌀했기 때문에 그들은 모든 이에게 뜨겁고 달콤한 포도주를 한 잔씩 돌렸다. 내 잔을 맛있게 비우며 보니, 페트로니유도 홀짝거리는 품이 술 깨나 마시는 것 같았다.

그녀는 정말이지 열다섯 살 소년처럼 보였다. 뒤로 묶은 긴 머리카락조차도 소년의 것이었다.

그때, 사진사가 불쑥 나타나 내 의견을 묻지도 않고 내 사진을 마구 찍어 대기 시작했다. 나는 열 받지 않기 위해 그가 하는 짓을 짐짓 모른 척하며 계속 독자들과 만남을 가졌다. 그런데 그 무뢰한이 무시당하는 느낌이 들었는지 사람들에게 사진을 찍으면 좀 비켜 줘야 할 것 아니냐는 몸짓을 했다. 내 귀에서 슬슬 연기가 피어오르기 시작했고, 결국 내가 끼어들었다.

「이봐요, 난 당신이 아니라 내 독자들을 위해 여기 있는 거예요. 그러니 당신이 누구에게든 이래라저래라 명령할 이유가 없어요.」

「난 당신의 명성을 위해 일하는 겁니다.」 침입자가 계속 셔터를 눌러 대며 말했다.

「아뇨, 당신은 돈을 위해 일하고 있어요. 예절 따윈 팽개치고. 벌써 사진을 많이 찍었으니, 이제 끝이에요.」

「이건 언론의 자유에 대한 침해요!」 남자가 고래고래 소리를 질러 파파라치의 본색을 드러냈다.

미셸과 알랭 르무안은 목가 소설의 제목에서 상호를 딴[5] 그들의 서점에서 벌어지고 있는 일에 질겁해 감히 나서지를 못했다. 바로 그때, 페트로니유가 한 손으로 남자의 덜미를 잡고는 찍소리도 못 할 정도로 결연하게 바깥으로 끌고 나갔다.

바깥에서 무슨 일이 있었는지는 정확하게 알 수 없었지만, 나는 그 사진사를 두 번 다시 보지 못했고, 그가 찍은 사진들은 어느 지면에서도 찾아볼 수 없었다.

아무도 그 사소한 사건을 입에 담지 않았다. 나는 웃음을 머금은 얼굴로 계속 사인을 했다. 서점주 부부와 단골 몇몇, 그리고 나는 담소를 나누며 남은 포도주를 마저 마셨다. 나는 그들과 작별하고 지하철역을 향해 걸어갔다.

---

5 아스트레 *Astrée*는 오노레 뒤르페 Honoré d'Urfé가 쓴 17세기 목가 소설에서 따온 이름.

레비 가 끝에 도달한 나는 주변이 어두워서 날 기다리는 작은 그림자를 보지 못했다.

「페트로니유!」 내가 깜짝 놀라 외쳤다.

「뭐예요, 스토킹이라고 생각하는 거예요?」

「아뇨. 사진사 일은 고마워요. 그 사람 어떻게 했어요?」

「내가 생각하는 방식을 설명해 줬어요. 더는 성가시게 하지 않을 거예요.」

「마치 미셸 오디아르[6]의 영화에서처럼 말하는군요.」

「편지 쓰면 또 답장해 줄래요?」

「물론이죠.」

그녀는 나와 악수를 나누고 어둠 속으로 사라졌다. 나는 그 만남을 기뻐하며 지하철로 내려갔다. 내가 보기에 페트로니유는 그녀가 연구하는 셰익스피어의 동시대인들, 다시 말해 언제든 싸울 준비가 되어 있는 불량한 사내들과 아주 잘 어울리는 것 같았다.

---

6 Michel Audiard(1920~1985). 프랑스 시나리오 작가. 누아르 장르의 거장.

드물지만 수신자의 용모를 아는 것이 서신 왕래에 전혀 해가 되지 않는 경우도 있었다. 페트로니유 팡토라는 침울한 노(老) 철학자의 편지들을 생기 넘치는 눈을 가진 싸움닭 소년이 썼다고 생각하며 다시 읽으니 훨씬 더 흥미진진했다.

　나에게는 나름의 꿍꿍이가 있었다. 페트로니유가 이상적인 술친구로 밝혀진다면? 물론 쉽지 않았지만, 그녀를 술친구로 삼고 싶은데 어떻게 생각하는지 단도직입적으로 물었고, 나를 어려운 상황에서 꺼내 준 것에 대한 감사의 표시로 술이나 한잔 사고 싶다며 그녀를 짐나즈로 초대했다. 내가 날짜와 시간을 정했다. 그녀가 답장을 보내 수락했다.

짐나즈는 내 책을 내는 출판사에서 백 미터 떨어진 곳에 있다는 이유 때문에 내가 자주 들르는 품위 있는 카페다. 그리 고급스럽진 않아도 난 그곳이 늘 마음에 들었다. 그곳은 파리 비스트로의 원형과 일치한다. 카운터에는 삶은 계란과 크루아상이 담긴 바구니가 놓여 있다. 손님들은 카운터에 죽치고 앉아 결론 없는 입씨름이나 벌이는 그런 사람들이다.

11월 첫째 금요일 오후 6시였다. 언제나 그렇듯, 내가 먼저 도착했다. 내가 약속 장소에 최소한 10분 일찍 나가지 않는 것은 생물학적으로 불가능하다. 나는 누군가를 개별적으로 만나기 전에 주변 환경에 익숙해지는 것을 좋아한다.

나는 사인회에 갈 때 무슨 화성의 탑처럼 차려입는 경향이 있지만, 그날은 평상시에 입는 검은색 작업복, 다시 말해 검은색 긴 치마에 평범한 검은색 상의 차림, 그리고 검은색 주름 장식깃(이것 없이는 나라고 할 수 없다)을 하고 갔다. 나는 주름 장식깃이 다시 유행하는 것에 대찬성이다. 내 유명세에도 불구하고 나는 이러한

견해에 단 한 사람도 끌어들이질 못했다. 페트로니유 팡토는 처음 봤을 때와 마찬가지로 청바지에 가죽점퍼 차림이었다.

「전 커피 할게요.」 그녀가 말했다.

「정말요? 뭔가 좀 더 축제 분위기가 나는 걸로 마시면 어떨까요?」

「그럼 맥주요.」

「난 샴페인을 염두에 두고 한 말이었는데.」

「여기서요?」 페트로니유가 눈을 휘둥그레 뜨며 말했다.

「그래요. 여기도 아주 좋아요.」

그녀가 자신이 뭔가를 놓쳤나 하는 표정으로 주변을 둘러보았다.

「그러네요. 여기도 아주 좋네요.」

「샴페인 안 좋아해요?」

「저더러 샴페인을 안 좋아하냐고요?」 그녀가 발끈했다.

「기분 나쁘라고 한 말 아니었어요.」

「여기서 샴페인 마셔 본 적 있어요?」

「아뇨. 오늘이 처음이에요.」

「여기 샴페인이 있기는 해요?」

「샴페인은 비에르종 역 구내식당을 제외하고 프랑스 어디에나 있어요.」

페트로니유가 종업원을 불렀다.

「샴페인 있어요?」

「예. 두 잔 드려요?」

「병째 주세요.」 내가 주문했다.

페트로니유와 종업원이 갑자기 사람을 달리 보는 눈길로 나를 쳐다보았다.

「저희 가게엔 뢰드레 브뤼가 있습니다. 죄송하지만 뢰드레 크리스탈은 없고요. 괜찮으시겠습니까?」

「좋아요, 차갑기만 하다면.」

「물론이죠.」 종업원이 충격이 가시지 않은 눈길로 대답했다.

프랑스는 아주 평범한 카페에서도 최고급 샴페인을 이상적인 온도로 내놓는 마술적인 나라다.

종업원이 샴페인을 준비하는 동안, 페트로니유가 나에게 물었다.

「축하할 일이라도?」

「그래요. 우리의 만남.」

「축하까지야. 중요한 일도 아닌데.」

「당신한테는 그렇겠지만, 나한테는 중요해요.」

「그래요?」

「우정의 시작이니까요.」

「그렇게 생각한다면야…….」

「어쨌거나 그러길 바라요.」

종업원이 샴페인 잔 두 개와 얼음 통에 담은 삼페인 병을 가져왔다.

「내가 딸까요?」

「내가 할게요.」 페트로니유가 말했다.

그녀가 무덤덤한 표정으로 뢰드레 브뤼 병을 따고는 잔을 채웠다.

「우리의 우정을 위해!」 내가 엄숙하게 선언했다.

뢰드레는 제정 러시아가 프랑스적인 사치에 부여했던 그 맛을 품고 있었다. 행복감이 내 입을 가득 채웠다.

「나쁘지 않네요.」 페트로니유가 말했다.

나는 그녀를 관찰했다. 그녀는 나와 마찬가지로 열

광했다. 나는 그녀가 시큰둥한 것처럼 보이려고 애쓰지 않아서 고마웠다.

종업원이 땅콩을 가져와 이상한 가치 감각을 드러냈다. 그것은 「모두가 천사라면」을 들으며 투르게네프를 읽는 것이나 마찬가지였다. 페트로니유가 땅콩에는 손도 대지 않아서 내 마음이 놓였다.

나는 아주 고급술도 빨리 마시는 경향이 있다. 그것은 좋은 술에 경의를 표하는 최악의 방식은 아니다. 절대 주의력 결핍에서 오는 것이 아닌 이러한 나의 열광을 샴페인은 한 번도 책망한 적이 없었다. 내가 빨리 마시는 것은 그 묘약이 미지근해지는 걸 막기 위한 방책이기도 하다. 그것을 기분 상하지 않게 하는 것 또한 중요하니까. 그 술이 내 욕망에 열의가 부족하다는 인상을 받지 않기를. 빨리 마시는 것은 벌컥벌컥 마시는 것을 의미하지는 않는다. 단숨에 넘기는 것도. 하지만 나는 그 신비로운 것을 오래 입에 머금고 있지 못한다. 나는 그 차가움이 나를 거의 아프게 할 때 그것을 삼키고 싶다.

「표정이 끝내주네요.」 페트로니유가 말했다.

「샴페인에 집중해서 그래요.」

「집중할 때 이상한 표정을 짓는군요.」

나는 그녀가 말을 하게 유도했다. 술기운이 거나하
게 오르자, 그녀는 자신의 논문이 벤 존슨의 한 희곡에
대한 거라고 털어놓았다.

그녀는 글래스고의 한 중학교에서 프랑스어를 가르
치며 지난 2년을 보냈다. 그녀가 스코틀랜드 생활을 떠
올리며 무시무시한 표정을 지었기 때문에, 나는 그녀가
거기서 사랑을 경험했고, 그 사랑이 좋게 끝나지 않은
거라고 결론지었다.

내가 다시 잔을 채웠다. 병이 비워짐에 따라, 우리는
점점 시간을 거슬러 올라갔다. 그녀는 파리 교외에서
자랐다. 그녀의 아버지는 지하철 전기 기사였고, 어머
니는 파리 교통 공단 병원의 간호사였다.

나는 나와 같은 종류의 사람들이 진정한 프롤레타리
아를 만났을 때 짓는 얼빠진 찬탄의 표정으로 그녀를
쳐다보았다.

「아버지는 일요일 아침마다 시장에 나가 〈뤼마〉[7]를 팔

7 프랑스 공산당 기관지 『뤼마니테 L'Humanité』의 줄임말.

아요.」

「당신, 공산주의자로군요!」 희귀 새를 찾은 것에 흥분해 내가 외쳤다.

「워워, 진정해요. 내 부모님은 그래요. 난 좌파이긴 하지만 그래도 공산주의자는 아니고요. 당신, 당신은 상류 계급 출신이죠, 아니에요?」

「난 벨기에에서 왔어요.」 내가 조사를 서둘러 종결시키기 위해 잘라 말했다.

「그렇군요. 됐어요, 알아들었으니까.」

내가 다시 채우게 그녀가 잔을 내밀었다.

「당신도 나처럼 고래군요.」 내가 말했다.

「그래서 실망했어요?」

「정반대예요. 난 내 열정을 함께 나누는 사람과 마시는 게 좋아요.」

「그보다는 천한 사람과 어울리는 게 재미있다고 말하시죠.」

나는 그게 진지하게 하는 소린지 궁금해하며 그녀를 유심히 살펴보았다.

「지금 나한테 계급 투쟁, 변증법적 유물론, 뭐 이런

얘기 하려는 거예요? 당신을 초대했을 때, 난 당신의 출신에 대해 아무것도 몰랐어요.」

「당신 계급의 사람들은 그런 것들을 감으로 알죠.」

「난 당신이 말하는 그런 것들에 관심 없어요.」

긴장감이 고조되었다. 페트로니유도 그것을 느꼈는지 분위기를 진정시켰다.

「어쨌거나 우린 화해의 장을 찾았네요.」 그녀가 턱으로 술병을 가리키며 말했다.

「그러네요.」

「내 부모님도 훌륭한 샴페인들을 좋아해요. 자주 마시지는 못하지만 그래도 가끔은 즐기죠. 공산주의를 발명한 건 한 독일인이고, 최초로 도입한 건 러시아인들이었어요. 두 민족 모두 품질 좋은 샴페인을 사랑하죠.」

「난 대사관에서, 말하자면 샴페인 거품 속에서 태어났어요.」

「그렇다면 당신은 이 음료가 뭐가 그리 특별한지 몰라요.」

「제대로 알고 말해요. 나도 산전수전 다 겪었으니까. 작가들한테 자주 편지 써요?」

「당신이 처음이고, 지금까지 유일해요.」

「그 영예가 왜 나한테 돌아왔죠?」

「당신은 날 킬킬대게 만드니까. 난 라디오를 통해 당신을 알게 됐어요. 당신이 누군지 몰랐을 땐데, 도저히 웃음을 참을 수가 없었죠. 당신은 고래 젖을 짜려면 어떻게 해야 하는지 설명했어요. 당신이 쓴 모든 소설에 〈타이어〉라는 낱말을 집어넣는다는 얘기도 했고요. 내가 확인차 모두 읽어 봤는데 거짓말을 하진 않았더군요.」

「난 그런 식으로 사람들에게 내 책을 읽을 동기를 부여해요.」

「당신 책들 좋았어요. 가슴에 와 닿았죠.」

「그런 말 들으니 기분 좋네요, 고마워요.」

그건 상투적인 인사말이 아니었다. 누가 내 책을 좋아하면, 난 그게 진정으로 기쁘다. 셰익스피어의 동시대인들과 말을 놓고 사진사들을 겁먹게 하는 그 이상한 계집아이의 입에서 나온 찬사인 만큼 더더욱 그랬다.

「익숙할 텐데요, 뭘.」

「익숙해지지 않아요. 게다가 당신은 아무나가 아니잖아요.」

「그렇긴 하죠. 내가 꽤 까다롭거든요. 요즘 작가들 책을 읽어 보려고 했는데, 끝까지 붙들고 있을 수가 없더군요.」

나는 침을 튀겨 가며 살아 있는 여러 작가에 대해 칭찬을 늘어놓으며 그녀의 생각이 틀렸다고 설득하려 애썼다.

「그 모두가 셰익스피어만은 못해요.」 그녀가 대답했다.

「나 역시 그래요.」

「그래도 당신은 당신 독자들에게 샴페인을 사주잖아요. 그건 달라요.」

「당신은 그 사실을 알 수 없었잖아요. 게다가 나도 모든 독자들에게 이러진 않아요.」

「정말이면 좋겠네요. 앞으로 내가 감시할 거예요.」

내가 약간은 어색하게 웃었다. 그녀가 능히 그럴 수 있는 인물이라고 느꼈으니까. 그녀가 내 생각을 읽은 게 분명했다. 이렇게 덧붙였으니까. 「걱정 말아요, 나에게도 완수해야 하는 다른 중요한 위업들이 있으니까요.」

「물론 그렇겠죠. 그 위업들이 어떤 건지 알고 싶네요.」

「차차 알게 될 거예요.」

얼근히 취한 나는 스코틀랜드 노동당원들을 위해 영국 왕실을 턴다거나 코메디 프랑세즈 무대에 「가엾게도 그녀가 창녀라니」를 올리는 것 같은 혁혁한 무훈들을 떠올렸다.

페트로니유는 어느 정도 연출 감각을 지니고 있는 게 분명했다. 왜냐하면 바로 그 순간을 택해 일어났으니까.

「샴페인이 다 떨어졌네요. 우리, 몽파르나스 묘지나 구경 가죠. 저기, 길 끝에 있어요.」 그녀가 말했다.

「탁월한 생각. 우린 거기서 틀림없이 흥미로운 누군가와 마주치게 될 거예요.」 내가 맞장구를 쳤다.

하지만 우리는 파리의 묘지들이 겨울에는 문을 일찍 닫는다는 사실을 미처 떠올리지 못했다. 아니나 다를까, 문은 잠겨 있었다. 우리는 라스파이 대로 쪽으로 호이겐스 가를 다시 거슬러 올라왔다. 반쯤 왔을 때, 페트로니유가 거기 주차된 차들 사이에서 소변을 보겠다고 했다.

「짐나즈까지 좀 참으면 안 되겠어요? 30미터만 더 걸어가면 되는데.」

「더는 못 참겠어요. 망 좀 봐줘요.」

정신적 공황 상태. 내 역할은 어떤 것이어야 할까? 깜깜한 데다 구름까지 짙게 깔려 있었다. 호이겐스 가의 인도는 시계가 20미터도 채 되지 않았다. 맥베스에나 어울릴 것 같은 그 분위기 속에서 나는 부분적으로 내가 알 수 없는 이유들 때문에 내 소설을 모두 읽은 젊은 처자를 위해 망을 봐야만 했다.

나는 혹시 다가올지도 모르는 발소리를 듣기 위해 귀를 기울였다. 절대 멈추지 않기로 단단히 결심을 한 것 같은 오줌 소리밖에 들려오지 않았다. 심장이 마구 방망이질을 쳤다. 나는 행인이 다가올 경우에 대비해 할 말을 상상했다. 「죄송합니다, 선생님, 제 친구가 참다못해 급한 용무를 보고 있습니다. 오래 걸리지 않으니 부탁드리건대 잠시 기다려 주시겠습니까?」 이런 부탁은 과연 어떤 결과를 가져올까? 그것을 알 수는 없었다. 졸졸졸 소리가 몇 초 후에 멈췄으니까. 페트로니유가 차들 사이에서 모습을 드러냈다.

「이제 살겠네.」 그녀가 말했다.

「그래서 나도 얼마나 기쁜지.」

「미안해요, 샴페인 때문이에요.」

〈거리의 소년에게 함부로 뢰드레를 대접해서는 안 된다는 걸 배웠네.〉 우리의 길이 갈라지는 바뱅 역을 향해 걸어가며 나는 생각했다. 페트로니유도 내가 약간 냉랭해졌다는 걸 느낀 것 같았다. 왜냐하면 조만간 또 보자는 말을 안 했으니까.

혼자가 되자, 나는 나 자신을 질책했다. 차들 틈에 숨어 소변을 보는 건 그리 심각한 일이 아니었다. 그런데 나는 왜 마치 정신적 외상이라도 입은 것처럼 행동했을까? 물론 일본이라면 아무도 그런 식으로 행동하지 않았을 것이다. 하지만 바로 그 때문에 나는 떠오르는 태양의 나라를 떠나, 자유 때문에 높게 평가하는 나라, 프랑스로 돌아오기로 마음먹지 않았던가. 〈넌 잘난 척하는 여자에 불과해.〉 나는 나 자신에게 이렇게 말했다.

그래도 내가 페트로니유에게 다시 연락하지 않은 것은 사실이다. 두 번 다시 나한테 맞는 술친구를 찾아야겠다는 생각을 하지 않은 채 여러 해가 지나갔다. 그것

은 그 어느 날 밤의 교제에 지조를 지키는 내 나름의 방
식이었다.

2001년 10월, 나는 파리의 한 서점에서 신간 코너를 둘러보다가 우연히 페트로니유 팡토라는 작가의 데뷔작, 『꿀 식초*Vinaigre de miel*』를 발견했다.

나는 깜짝 놀라 책을 집어 들었다. 책 뒤표지에는 〈셰익스피어 시대 문학 전문가 페트로니유 팡토(26세)의 발칙한 데뷔작〉이라는 소개와 함께 저자의 자그마한 흑백 사진이 실려 있었다. 예전 모습 그대로였다. 나는 슬며시 웃으며 책을 구입했다.

내 독서 습관은 특이하다. 내가 관찰한 바로는, 나는 누워서 읽어야, 특히 푹신푹신한 침대에 누워서 읽어야 독서에 완전히 몰입할 수 있었다. 몸이 편하면 편할수록 몸에 대한 의식은 사라지고, 텍스트 속으로 더 깊이 빠져들어 갔다. 그래서 그렇게 했다.

나는 『꿀 식초』를 단숨에 읽어 버렸다. 페트로니유는 배짱 좋게도 몽테를랑의 『젊은 여자들』에서 줄거리를 따왔다. 성공한 한 작가가 열성 팬 여성 독자들로부터 편지를 받고는 욕망과 싫증이 동시에 묻어나는 답장을 보낸다. 유사점은 딱 거기까지다. 왜냐하면 몽테를랑의 코스탈스는 승자가 되어 그 대결에서 빠져나오는 반면, 팡토의 슈브랭은 결국 젊은 여성 독자들에 의해 파괴되고 마니까.

몽테를랑은 알 만큼 아는 상태에서, 다시 말해 인기 작가로서 경험을 쌓을 만큼 쌓은 상태에서 그 책을 썼지만, 페트로니유는 그 작품을 데뷔작으로 내놓았다. 여성 독자들의 행태에 관한 그녀의 지식은 도대체 어디서 온 것일까? 하지만 이러한 모순도 재능이 엿보이지 않는다면 별 관심거리가 되지 못할 것이다. 페트로니유는 당돌한 것으로 그치지 않았다. 그녀는 특히 진정한 대가의 솜씨로 문체와 내러티브를 제어했다.

게다가 그녀에게서는 완전히 소화해 자기 것으로 만

든 교양이 느껴졌다. 그녀는 이미 오래전에 모든 것을 읽었고, 그것을 타인에게 드러내고자 하는 욕구를 느끼는 단계를 훨씬 넘어서 있었다. 그 증거로, 몽테를랑의 작품에서 줄거리를 따온 것이 굳이 밝힐 필요가 없을 정도로 분명해 보였는지 그녀는 그에 대해서는 일언반구도 하지 않았다. 또래 젊은이들이 몽테를랑의 작품을 거의 읽지 않는 시대에 말이다.

극히 세련된 이러한 멋은 이제 점점 사라지고 있는 듯하다. 4~5년 전에 한 20대 여성 독자가 나에게 표절을 비난하는 편지를 보낸 적이 있다. 그녀는 빈정거리는 어투로 자신이 찾아낸 것을 설명했다. 『살인자의 건강법』에 나오는 〈말솜씨가 제법인 나는 나 스스로 즐기오. 다른 이가 날 즐겁게 해주는 걸 허락지 않고〉가 『시라노』에서 따온 것이라는 사실을 발견했던 것이다. 〈그런데 당신은 그 사실을 밝히지 않았죠…….〉 그녀는 비난하는 듯한 말줄임표와 함께 이렇게 결론지었다. 나는 어리석게도 지구상에 그 사실을 모르는 사람이 단한 명이라도 있을지 의심스럽다는 답장을 보냈다. 그녀도 자기 학년의 문과대생 중에 그 사실을 아는 학생이 자기밖에 없다, 따라서 나의 해명에는 설득력이 없다는 신랄한 어조의 답장을 보내왔다. 이처럼 오늘날에는 유식한 체하지 않으면 의도적인 절도범으로 몰리고 만다.

비록 어리기는 했지만, 페트로니유는 교양이 풍부하고 품위가 있는 작가에 속했다. 나는 반가운 마음에 당장 열광적인 편지를 써서 그녀가 책을 낸 출판사로 보냈다. 그녀도 곧바로 답장을 보내, 자신의 사인회에 나를 초대했다. 따라서 나는 정해진 날, 정해진 시각에 파리 20구에 위치한 정갈한 서점, 〈르 메를 모쾨르〉로 갔다.

나는 다른 작가의 사인회에 가는 걸 어마어마하게 좋아한다. 그 경우에는 일을 하는 게 내가 아니니까! 동료 작가들이 어떻게 하는지 구경하는 게 재미있기도 하고. 독자는 쳐다보는 둥 마는 둥, 귀와 어깨 사이에 핸드폰을 낀 채 끊임없이 전화 통화를 해가며 사인을 하는 상스러운 이들도 있다. 번갯불에 콩 볶아 먹듯 해치우는 작가들도 있고, 나보다 더 느린 작가들도 있다. 독자를 보고 떠오르는 서예 글씨를 사인 삼아 써주느라 한참 동안 생각에 빠지는 통에 독자 한 사람당 30분을 바쳐 서점주들을 절망에 빠뜨렸던 그 멋진 중국 작가가 떠오른다. 건방을 떠는 작가, 지나치게 공손한 작가, 독자를 유혹하려 드는 작가도 있다. 그것은 아주 재미있는 쇼다.

페트로니유의 경우 두드러지게 눈에 띄는 것은 독자들의 태도였다. 모두가 저자를 보자마자 마치 속으로 〈어떻게 이런 일이!〉라고 외치는 것 같은 표정을 지었다. 4년 전에도 그랬듯, 그녀는 여전히 열다섯 살 소년처럼 보였다. 놀라운 동안(童顏)이 그녀의 첫 소설을 더욱 믿어지지 않는 것으로 만들어 놓았다.

그녀는 진솔하고 정중한 태도, 최상의 태도로 사람들을 대했다. 그녀가 호이겐스 가의 인도에서 벌인 일탈 행위를 떠올린 나는 이제 그것을 달리 봤다. 크리스토퍼 말로나 벤 존슨이 그와 같은 식으로 행동했으리라는 데에는 의심의 여지가 없었다. 셰익스피어 시대 사람들의 태도보다 더 근사한 것이 있을 수 있을까? 아닌 게 아니라 페트로니유에게는 모두 서른도 채 안 된 나이에 술집 입구에서 벌어진 터무니없는 난투극에 휘말려 죽은 그 대단한 작가들의 면모이기도 했을 불량소년의 모습이 있었다. 대단한 품격이지 않은가?

내 차례가 돌아오자 그녀가 말했다.

「아멜리 노통브가 내 사인회에 오다니, 깜짝 놀랐네요.」

나는 그녀에게 『꿀 식초』를 내밀었다.

「정말 멋진 책이에요.」 내가 말했다.

「그럼 샴페인 갖고 왔겠네요?」

「미안해요, 그 생각은 미처 못 했어요.」

「아쉽네요. 그 뒤로 내가 파블로프의 개가 됐나 봐요. 당신이 나타나니 뢰드레가 미친 듯이 당기네요.」

「나중에 초대할게요. 같이 마셔요.」

「뵈브 클리코나 동 페리뇽이라면 마다하지 않을게요.」

「로랑페리에, 모에에샹동, 테탱제, 크뤼그, 필리포나.」 내가 스트레이트 플러시 패를 내려놓듯 읊어 나갔다.

「좋아요.」 그녀가 짧게 대답했다.

그녀가 일을 끝내는 동안, 나는 면지에 그녀가 써준 것을 읽어 보았다. 〈후원자 아멜리 노통브에게.〉 그리고 그녀의 사인.

그녀가 서점주와 작별 인사를 나눴고, 나는 그녀와 함께 파리 20구의 한 거리에 나와 있었다.

「내가 잘 이해한 거라면, 내 후원이란 흠모하는 예술가들에게 술을 대접하는 거겠네요?」내가 물었다.

「그렇죠. 아예 그들을 저녁 식사에 초대할 수도 있겠죠」

나는 단골로 드나드는 카페 보부르로 그녀를 데리고 갔다. 나는 그녀에게 이 카페에는 화장실이 있다고 일러 주었다.

「당신 정말 구식이네요!」그녀가 말했다.

그날 저녁은 아주 유쾌했다. 페트로니유는 지난 4년간 있었던 일을 나에게 얘기해 주었다. 그녀는 소설을 쓰는 동안 한 사립 고등학교에서 자습 감독으로 일하며 밥벌이를 했다. 졸업반의 한 녀석이 그녀를 〈프롤〉[8]로 취급하자, 그녀는 그가 〈부르주〉[9]라고 맞장구를 쳐 주었다. 그 불쌍한 꼬마는 훌쩍거리며 부모에게 달려가 일러바쳤고, 부모는 계약직 직원이 그들의 소중한 천사에게 사과할 것을 요구했다. 페트로니유는 〈부르주〉도 〈프롤〉과 마찬가지로 이제는 욕설이 아니라 사실적인 상태일 뿐이라고, 따라서 그것을 모욕으로 여길

8 프롤레타리아의 줄임말.
9 부르주아의 줄임말.

이유가 전혀 없다고 항변했다. 하지만 여교장은 페트로니유를 해고했다.

「난 그로부터 일주일 후에 『꿀 식초』를 출간해 줄 출판사를 찾았고요.」 그녀가 말했다.

「절묘한 타이밍이네요.」

「다 잘되고 있어요. 당신이 드나드는 사교계에 날 초대하고 싶으면 망설이지 마세요. 난 그 세계에는 전혀 알려져 있지 않으니까.」

「내 생활 방식에 대해 그릇된 상상을 하는 것 같네요.」

「이봐요, 당신은 젊고 유명하잖아요. 그러니 여기저기서 초대를 받겠죠.」

「젊다고요? 내 나이 서른넷이에요.」

「좋아요, 수정하죠. 당신은 늙었고 유명해요.」

사실, 여기저기서 초대받긴 했지만 난 매번 거절했다. 그런데 문득 사교계 생활도 페트로니유와 함께라면 덜 지루하겠다는 생각이 들었다.

「아닌 게 아니라, 이번 달 말에 리츠 호텔에서 열리는 샴페인 시음회에 초대를 받았어요.」

「나도 갈게요.」

나는 웃음이 나왔다. 내 원래의 계획은 그녀를 술친구로 삼으려던 것이었다. 그 일이 슬슬 구체화되고 있었다.

　시음회 날, 페트로니유는 리츠 호텔 앞에서 날 기다리고 있었다. 그녀는 평소처럼 청바지, 가죽점퍼 차림에 닥터 마틴을 신고 있었다. 나는 세기말 성당 기사단원처럼 차려입었고.
　「당신에 비하면 난 홀리건 같네요.」 그녀가 말했다.
　「당신도 아주 멋져요.」
　리츠 호텔의 살롱들은 잔뜩 멋을 부린 중년 부인들로 북적였는데, 그들은 우리가 들어서자마자 혐오의 눈길로 내 친구를 머리끝에서 발끝까지 훑어보았다. 그 무례한 행동에 당황한 내가 움찔 뒤로 물러섰다.
　「그냥 나가고 싶어요?」 그녀가 물었다.
　「절대 그럴 수 없어요.」
　어쨌거나 우린 샴페인을 맛보기 위해 온 것이었다. 여러 개의 테이블에 다양한 상표의 샴페인이 놓여 있었다. 우리는 페리에주에로 시작했다. 소믈리에가 술을 소개하는 짧은 연설을 늘어놓았다. 나는 이런 경우 막 개종해 설교를 듣는 사람처럼 열심히 귀를 기울인다.

사교계에서는 거의 언제나 샴페인이 최고다. 주변이 적대적일수록 그것은 마치 오아시스처럼 보인다. 집에서 마셔서는 얻을 수 없는 결과다.

첫 번째 잔은 우릴 황홀케 했다.

「이 술, 나쁘지 않네요.」 페트로니유가 소믈리에에게 말했다.

남자가 호의에 찬 미소를 지어 보였다. 내가 만나 본 소믈리에들은 백이면 백 모두 세련된 사람들이었다. 직업이 그들을 그렇게 만드는지, 아니면 그 직종에 종사하려면 사람이 원래 그래야 하는지는 나도 모르겠다. 그날 리츠 호텔에서 그나마 사귈 만한 사람은 소믈리에들뿐이었다.

여기저기 돌아다니고 있는데, 곧 부인들이 날 붙들고는 텔레비전에서 본 적이 있다고 호들갑을 떨기 시작했다. 나에게 더는 할 말이 없으면서도 그들은 날 붙들고 계속 수다를 떨어 댔다. 내가 말을 끊었다.

「허락하신다면, 재능 넘치는 젊은 소설가 페트로니

유 팡토를 소개해 드리고 싶군요.」

그럴 때마다 머리띠를 두른 아줌마들은 안색이 퍼렇게 질리면서 돌처럼 굳어 버렸다. 내게는 황홀한 표정을 지어 보이던 그들이 내가 소개해 주고 싶어 하는 거리의 불량소년에게는 멸시의 눈길을 던졌다. 그들은 갑자기 잠시도 미룰 수 없는 중요한 볼일이 생겨 가봐야 했다. 페트로니유는 거리낌 없이 손을 내밀었지만, 많은 이들이 그 손을 잡기를 마다했다.

「혹시 나한테서 파테[10] 냄새 나요?」 충격을 받은 페트로니유가 민망해하는 나에게 물었다.

「내가 대신 사과할게요. 이런 무례를 겪게 되리라곤 예상하지 못했어요.」 내가 그녀에게 말했다.

「당신 잘못 아니에요. 안심해요, 여기 온 것에 만족하니까. 믿으려면 봐야 한다잖아요.」

「그래도 샴페인은 당신을 멸시하지 않아요. 자, 우리 이번에는 장조슬랭을 맛봐요.」

장조슬랭의 맛은 탁월했다. 내가 알기로, 장조슬랭은 효모의 맛이 나는 유일한 샴페인이다. 다시 말해 명

10 _pâté_. 고기나 생선을 파이 껍질로 싸서 구운 음식.

주(名酒)다.

머리띠를 두른 부인들을 피해 다니며 시음에 집중하다 보니 우리는 결국 완전히 취하고 말았다. 나는 사람들과 함께 있을 때 취하면 활달하고 외향적으로 변한다. 그곳에 모인 사람들에게 이 사랑스러운 성향을 즐기게 하기가 어려웠기 때문에, 나는 소믈리에들에게 아주 발랄하게 대했고, 페트로니유에게는 속내를 마구 지껄여 댔다.

페트로니유는 술에 취하자 곧 반항적인 기질을 드러냈다. 그녀는 내 얘기는 거의 듣지 않고 눈앞에 펼쳐지는 광경에 대해 신랄한 비판을 쏟아 냈다. 우리가 나눈 대화는 대충 이랬다.

「내 생각에 삶의 목표 중 하나는 밤에, 아름다운 도시에서 술에 취하는 것 같아요.」

「뭐 이런 막돼먹은 여자들이 다 있어?」

「뷔페에 깨작거릴 것들이 있지만 당신에게 권하지 않을래요. 내 동생 쥘리에트 말로는 술이 식욕을 돋우는 건 맞지만 그 반대는 절대 아니래요. 맞는 말이에요. 술 깨나 안다는 가증스러운 족속들은 말도 안 되는 소리라고 떠들어 대죠. 하지만 난 늘 그 사실을 확인했어요. 음식을 한 입만 먹어도 술의 마술이 사라져 버려요.」

「저 여자, 계속 날 빤히 쳐다보면 면상을 발로 차줄 거야.」

「음식과 원수진 일은 없지만, 난 술을 더는 한 모금도 마실 수 없을 때 저녁 식사를 시작해야 한다고 생각해요. 그래서 식탁에 앉는 시간이 엄청나게 늦어지죠.」

「근데 고작 저 여자 면상을 내지르려고 내가 구태여 발을 들 필요가 있을까? 뭐 그럴 것까지야.」

「늦추고 늦추다가 아예 식탁에 앉지 못한 일도 있었어요. 취할 대로 취해 푹신한 소파에 그대로 쓰러지는 것도 끝내주죠. 나중에 쓰러질 곳을 미리 봐두는 법도 알아야 해요. 리츠 호텔은 이상적인 곳이 아니네요. 앞으로는 초대가 오면 술에 취해 쓰러지기에 적합한 장소일 때만 응하도록 신경을 써야겠어요.」

「저 여자, 내 사진을 원하는지 물어봐야겠어.」

나는 계속 속내를 털어놓으며 멋모르고 페트로니유를 따라갔다. 나는 그녀가 정말 그 부인에게 자기 사진을 원하느냐고 물을 거라고는 상상하지 못했다.

「뭐라고요?」 부인이 깜짝 놀란 목소리로 되물었다.

「저한테 주소를 남기면 사진을 보내 드리겠다고요. 나도 이해해요. 진짜 프롤레타리아의 사진, 당신에겐 그게 이국적인 것일 테니까.」

그 부인은 겁에 질려 도움을 청하는 표정으로 나에게 애원의 눈길을 던졌다. 나는 나의 사회적 역할을 다하는 것으로 만족했다. 「부인께서 허락하신다면, 제가 무척 좋아하는 젊은 소설가 페트로니유 팡토를 소개해 드리고 싶습니다. 그녀의 첫 소설『꿀 식초』는 재능이 넘치죠.」

「정말 흥미롭네요! 당장 달려가서 살게요.」 부인이 덜덜 떨면서 말했다.

「잘됐네. 내 사진이 뒤표지에 실려 있으니까 나를 또 실컷 쳐다볼 수 있겠네.」

이쯤에서 끝내는 게 좋겠다고 생각한 나는 페트로니유의 팔을 잡아끌었다. 그녀는 배알이 뒤틀려 있었다. 말리지 않으면 역정을 계속 토해 낼 것 같은 느낌이 들었다.

우리는 새로운 샴페인을 시음했다. 그 지경에서 술

이름을 기억한다고 주장한다면 새빨간 거짓말일 것이다. 하지만 그 술은 정말 맛있었고, 소믈리에는 아주 우아하게 우리의 잔을 채워 주었다. 페트로니유는 더 이상 시음에 몰두하지 않았다. 그녀는 깊은 생각에 빠진 표정으로 한 모금씩 마셔 가며 음미하는 대신 잔을 단숨에 비워 버리고는 소믈리에에게 빈 잔을 내밀며 이렇게 말했다.「원 샷!」

남자는 매력적인 미소를 지으며 잔을 다시 채워 주었다. 나는 그 예의 바른 태도에 마냥 마음 놓고 있어서는 안 된다는 걸 직감했다. 그런 식으로 계속된다면 페트로니유는 병째 달라고 해서 나발을 불려고 할 것이고, 그래도 남자는 더없이 자연스럽게 병을 건네줄 테니까.

「분위기가 살짝 무거워지네요. 우리 그만 나가요.」 내가 낮은 목소리로 말했다.

「분위기가 무거워진다고? 난 점점 달아오르는 것 같은데, 아니에요?」

모두가 우리 쪽을 돌아보았다. 나는 볼이 새빨갛게 달아올라 친구를 출구 쪽으로 데려가려고 했다. 그 일은 쉽지 않았다. 그녀가 완강하게 버텼기 때문에 손을 잡아끄는 것으론 어림도 없었다. 결국 나는 가구를 옮기듯 그녀를 떠밀어야만 했다.

「맛봐야 할 샴페인이 아직 남았는데!」 그녀가 항의했다.

리츠 호텔에서 나와 차가운 공기를 쐬자 술이 조금 깼다. 나는 안도의 한숨을 내쉬었다. 페트로니유가 고래고래 소리를 질러 댔다. 「한창 재미있었는데!」

「난 술이 거나하게 취해 파리의 아름다운 동네들을 거니는 게 좋아요.」

「이게 아름다운 동네라고요?」 방돔 광장을 경멸의 눈초리로 바라보며 그녀가 소리쳤다.

「그럼 나한테 당신이 사랑하는 파리를 보여 줘요.」 내가 대답했다.

이 임무가 그녀를 매혹시켰다. 그녀가 내 팔을 붙들고는 튈르리와 루브르 방향으로 끌고 갔다. (그녀가 루브르를 가리키며 인정하듯 말했다. 「저 정도면 그나마 나쁘지는 않지.」) 우리는 카루젤 다리를 건넜고(「강이라면 이 정도는 돼야지.」 그녀는 센 강을 바라보며 이렇게 선언했다), 빠른 걸음으로 구보하듯 강둑을 따라 걸었다. 생미셸 광장을 지나친 우리는 디킨스의 소설에나 나올 법한 서점 앞에 다다랐다. 간판에는 〈셰익스피어 앤드 컴퍼니〉라고 적혀 있었다.

「다 왔어요.」 그녀가 말했다.

나는 아직 그 환상적인 서점에 대해 들어 본 적이 없었다. 나는 감탄을 금치 못한 채 그 서점의 외부와 내부를 살펴보았다. 진열창을 통해 마법서처럼 생긴 책들, 독서 삼매경에 푹 빠진 책 애호가들, 너무나 예쁘고 우아해서 바라보고 있으면 마치 꿈을 꾸는 것 같은, 백옥의 피부를 가진 금발의 젊은 서점주가 보였다.

「정말이지 모든 것에 있어서 당신의 기준은 셰익스피어군요.」

「더 나은 게 있으면 가르쳐 줘요.」

「있을 수가 있나요. 그런데 당신이 사랑하는 파리에는 파리다운 게 전혀 없네요.」

「꼭 그렇다고 말할 순 없어요. 심지어 셰익스피어의 고장 스트랫퍼드어폰에이번에서도 이 서점만 한 건 찾을 수 없을 거예요. 말이 나온 김에, 정말 파리다운 것을 원한다면 날 따라와요.」

우리는 5구의 골목길로 접어들었다. 그녀는 셰르파처럼 자신만만한 걸음걸이로 나아갔다. 나는 결국 그녀가 날 어디로 데려가는지 깨달았다.

「루테티아 원형 경기장!」 내가 외쳤다.

「난 너무너무 좋아해요. 완전히 시대착오적이잖아요. 이런 유적이 로마에 있다면 너무 평범해서 있는지 없는지 알 수도 없을 거예요. 고대가 여전히 땅속에 파묻혀 있는 파리에, 우리가 루테티아[11]인이었던 시대를 증언하는 이런 유적이 남아 있다는 건 좋은 일이에요.」

「당신에겐 그렇겠죠. 난 벨기에 골족 출신이에요. 세계에서 유일하게 명사화된 형용사가 이름으로 쓰이는 나라죠.」[12]

우리는 경건한 마음으로 경기장을 바라보았다. 지하 납골당의 적막이 그곳을 지배하고 있었다.

---

11 파리의 옛 이름.
12 벨기에라는 이름은 원래 갈리아 지방을 정복한 율리우스 카이사르가 그 지역을 〈갈리아 벨기카Gallia Belgica〉라 칭한 데서 유래됐는데, 벨기에를 뜻하는 프랑스어 Belgique는 형용사 belgica에서 유래된 것이다. 프랑스어에서는 -que가 주로 형용사에 붙는 어미이기도 하다.

「난 내가 갈로, 로만[13] 사람이라는 느낌이 많이 들어요.」페트로니유가 말했다.

「오늘 저녁에요, 아니면 일반적으로요?」

「당신은 정상이 아니에요.」그녀가 웃으며 대답했다.

나는 그녀의 말을 이해할 수 없었지만 그냥 넘어갔다.

「아닌 게 아니라, 페트로니유는 페트로니우스[14]의 여성형이잖아요. 당신은 멋이 무엇인지를 아는 어린 판관이에요.」

「작다뇨, 왜요?」[15]

160센티미터인 그녀의 키를 가지고는 농담을 하지 말았어야 했다.

13 로마의 지배를 받았던 골족.
14 Gaius Petronius Arbiter(A.D. 27~66). 고대 로마의 문인으로 네로 황제의 총애를 받아 〈우아(優雅)의 판관〉으로 불렸다. 프랑스어로 판관은 *arbitre*다.
15 원어는 *petit*. 노퉁브는 〈어리다〉는 뜻으로 사용했지만, 페트로니유는 〈작다〉는 의미로 받아들였다.

명망 높은 여성 잡지사가 나에게 일거리를 맡기기 위해 연락을 해 왔다. 런던에 가서 비비언 웨스트우드와 인터뷰를 해달라고 했다.

얼마 전부터 나는 더 이상 이런 일은 맡질 않았다. 하지만 이 일은 두 가지 이유 때문에 구미가 당겼다. 우선은 드디어 영국 땅을 밟아 볼 기회였고(아주 이상해 보일 수 있겠지만, 2001년 당시 나는 아직 한 번도 영국에 가본 적이 없었다), 그다음으로는 시크와 펑크의 아이콘, 그 기발한 비비언 웨스트우드를 만나 볼 기회였으니까. 일이 잘못되려고 그랬는지, 잡지사 담당 기자는 아주 상냥하게 그 일을 이렇게 소개했다.

「제가 당신 이름을 꺼내자, 마담 웨스트우드는 정말이지 열광적인 반응을 보였어요. 그녀는 당신의 룩이 매력적이고 콘티넨털하다고 평가했죠. 제 생각에는 그녀가 자신의 새 컬렉션 중 한 벌을 당신에게 기꺼이 선물할 것 같아요.」

그래서 나는 홀딱 넘어가고 말았다. 담당 기자는 기뻐하는 것도 우아하게 했다. 나를 위해 런던의 한 고급 호텔에 방을 예약할 것이고, 리무진을 대기시킬 것이다 등등. 그녀가 이렇게 말하는 동안, 나는 속으로 영화 한 편을 돌리고 있었다. 나는 그녀가 묘사하는 것을 열렬하게 갈망했다.

그것은 의미가 있었다. 노통브 가 사람들은 아주 오래전에는 영국인이었다. 11세기경, 그들은 정복자 윌리엄 1세에 대한 반항심에 노섬벌랜드[16]를 떠나 영불 해협을 건넜다. 내가 조상들의 섬을 찾기 위해 이토록 오래 기다린 것은 나에게 이러한 운명의 신호가 필요했기 때문이다. 나에 대해 〈열광적인 반응(나는 넋이 빠져 속

16 Northumberland. 영국 북동부 지역. 아멜리의 성 노통브Nothomb 는 여기서 유래했다.

으로 담당 기자의 말을 반복했다)〉을 보인 크리놀린[17] 파괴의 여왕이 나를 향해 뻗은 손 말이다.

그래서 2001년 12월 나는 난생처음 유로스타를 탔다. 기차가 그 유명한 터널 속으로 빨려 들어가자, 내 심장이 세차게 뛰기 시작했다. 내 머리 위에 천 년 전 내 조상들이 반대 방향으로 건너기로 마음먹었던 그 의미심장한 바다가 있었다. 방수벽이 무너지면, 유로스타는 해저 유성으로 변해 그 유명한 세븐시스터스 절벽까지 물고기 사이를 질주할 것이다. 그 환상이 너무나 아름다워 그것이 현실이 되었으면 하고 빌고 있는데, 기차가 갑자기 황량한 겨울 시골 풍경 속으로 솟아올랐다.

나는 비명을 내질렀다. 나는 충격에 빠져 그 미지의 땅을 바라보았다. 영불 해협을 건너기 전에도 빈 들판은 슬퍼 보였지만, 이곳에서는 그 슬픔이 어딘지 다르다고 느껴졌다. 그것은 영국적인 비애였다. 거리, 표지판, 띄엄띄엄 서 있는 집들, 모든 것이 달랐다.

조금 더 가다 보니, 왼쪽에 입이 떡 벌어질 정도로 거대한 벽돌로 지은 공장의 폐허가 보였다. 그곳이 무엇

17 스커트를 부풀리기 위해 입었던 딱딱한 페티코트.

인지 나는 전혀 알지 못했다.

기차가 워털루 역으로 진입했을 때, 나는 기쁨의 눈물을 흘릴 뻔했다. 마침내 영국 땅을 밟는 순간, 내가 여왕이라도 된 듯한 기분이었다. 나는 그 땅이 자신의 먼 후손을 알아보고는 부르르 떤다고 확신했다. 택시를 타고 예약된 호텔로 갔다. 호텔은 내 기대만큼 호화로웠다. 방은 크리켓 경기장만큼이나 넓었고, 침대의 규모는 이혼 소송 중인 억만장자 부부의 침대를 떠올리게 했다.

나는 가볍게 여행하는 것을 좋아한다. 그래서 인터뷰 복장을 이미 하고 있었다. 비비언 웨스트우드가 내 룩을 그러하다고 평가했기 때문에, 나는 내 레이스 외투 중 가장 콘티넨털한 것과 벨기에 디아볼로 모자를 골랐다. 그리고 얼굴은 새하얗게, 눈은 새까맣게, 입술은 새빨갛게 칠했다. 호텔 아래에서 승용차가 날 기다리고 있었다.

그 전설적인 부티크에 도착했을 때, 그들은 나를 앞문이 아니라 아틀리에들을 향해 나 있는 뒷문으로 들여보냈다. 1분 후, 그들은 황홀경에 빠져 의상 제작의

기적을 구경하기 위해 목을 쑥 빼고 있는 나를 타이어 냄새가 진동하는 긴 의자 두 개가 놓인 작은 방으로 안내했다.

「*Miss Westwood shall arrive soon*(미스 웨스트우드는 곧 오실 겁니다).」 나를 그곳으로 안내한 검은색 정장 차림의 사내가 말했다.

창이 없는 방이라 기다리고 있자니 왠지 불안했다. 10여 분 후, 검정색 정장 차림의 사내가 문을 열고는 말했다.「미스 웨스트우드.」

으깬 당근 색깔의 긴 머리카락을 늘어뜨린 부인이 들어와서는 날 쳐다보지도 말을 걸지도 않은 채 건성으로 손을 내밀었다. 그러고는 나한테는 자리를 권하지도 않고 긴 의자에 털썩 주저앉았다. 그럼에도 나는 남은 긴 의자에 다소곳이 앉아 만나 뵙게 되어 정말 기쁘다고 말했다.

나는 내 말이 우주의 빈 공간에 떨어지는 느낌을 받았다.

비비언 웨스트우드는 얼마 전에 만 60세가 되었다. 2001년에는 그 정도 나이를 먹었다고 해서 늙었다고 생각하는 사람은 아무도 없었다. 하지만 나는 기꺼이 그녀를 예외로 쳤을 것이다. 불만 어린 표정, 입술 가에 잡힌 까칠한 주름 때문이기도 했지만, 유령 같은 말년의 엘리자베스 1세를 쏙 빼닮아서 더 그랬다. 물 빠진 적갈색 머리도, 냉랭함도, 폭삭 늙어 버린 사람을 대하고 있다는 확신도 똑같았다. 그녀는 금박 입힌 트위드 천 타이트 스커트에다, 위에는 같은 색상의 코르셋 비슷한 것을 입고 있었다. 그 괴상한 옷차림도 그녀가 풍기는 부르주아적인 분위기를 전혀 누그러뜨리지 못했다. 언젠가 조금이라도, 펑크 미학과 그 땅딸보 아줌마 사이에 어떤 교집합이 있었다고 믿기가 정말이지 어려웠다.

살아오면서 불쾌감을 주는 사람들을 숱하게 만나 봤지만 그 멸시덩어리와 비교될 수 있는 건 아무것도 없었다. 나는 처음에 억양 때문에 그녀가 내 영어를 알아듣지 못하는 줄 알았다. 내가 주뼛거리자, 그녀가 중얼거렸다. 「난 영어를 당신보다 못하는 사람의 말도 알아들었어요.」

당황한 나는 준비해 온 질문을 하기 시작했다. 대답

을 하는 것보다 질문을 하는 게 훨씬 더 어렵다. 비비언 웨스트우드가 그 나이에 그것을 모를 리가 없었다. 그런데도 그녀는 내가 용기를 내서 질문을 할 때마다 한심하다는 듯 가볍게 한숨을 내쉬었고, 심지어 입을 틀어막고 하품을 하기도 했다. 그러고는 도무지 끝날 것 같지 않은 답변을 내놓아 내 질문이 마음에 안 들지는 않았다는 것을 증명했다.

인터뷰를 부탁한 잡지사 기자는 마담 웨스트우드가 내 이름을 듣고는 〈열광적인 반응〉을 보였다고 했다. 그런데 그녀는 내 앞에서는 그것을 감쪽같이 감췄다! 나는 영국인의 점잔이라는 게 바로 이런 건가 보다 하고 생각했다.

「아틀리에들을 둘러봐도 될까요?」 내가 물었다.

내가 무슨 말을 빼먹은 거지? 비비언 웨스트우드는 잔뜩 화가 난 표정으로 날 쳐다보았다. 그녀는 아예 대답을 하지 않았고, 나는 그것을 고맙게 생각했다. 호되게 야단을 맞았을 게 분명했으니까.

더 이상 무슨 말을 해야 할지 모를 정도로 당황한 나는 문득 떠오른 이 질문을 던졌다.

「미스 웨스트우드, 글을 써볼 생각을 해보신 적은 없나요?」

그녀가 경멸스럽기 짝이 없다는 표정으로 꼬꼬거렸다. 「글이라니! 상스럽게 굴지 말아요, 제발. 이제 글을 쓰는 것보다 평범한 건 없어요. 요즘은 하찮은 축구 선수도 글을 쓰니까. 아뇨, 난 글을 쓰지 않아요. 그런 건 그냥 다른 사람들에게 맡기죠.」

그녀는 자기와 마주 앉아 질문을 던지는 사람이 누구인지 알고는 있을까? 나는 모르기를 바라기에 이르렀다. 그런 치욕을 겪느니 내가 누군지 그 여자가 모르는 게 차라리 나았다.

그래서 나는 일본 여자처럼 행동했다. 다시 말해, 배시시 웃었다. 나는 내가 바닥을 쳤다고 생각했다. 그렇게 생각하는 게 불행을 가져온다고들 하지만. 현실은 늘 우리의 상상력이 어느 정도로 부족한지 서둘러 보여준다.

나는 누가 문을 긁어 대는 것 같은 이상한 소리를 들었다. 비비언 웨스트우드가 턱으로 나에게 문을 열라고 지시했다. 나는 그녀가 시키는 대로 했다. 그러자 최신 유행 스타일로 털을 깎은 검은색 푸들이 들어오더니 디자이너를 향해 종종걸음을 쳤다. 디자이너의 표정이 순식간에 돌변했다. 가여워 죽겠다는 얼굴로 그녀가 소리쳤다.

「비어트리스, *Oh, my darling!*(오 내 사랑!)」

그녀가 개를 덥석 안더니 마구 키스를 퍼부었다. 그녀의 얼굴은 사랑으로 넘쳐 났다.

나는 입을 다물 수가 없었다. 〈동물을 저 정도로 사랑하는데 못된 사람일 리는 없어.〉 나는 이렇게 생각했다.

비어트리스가 보채듯이 낑낑대기 시작했다. 나는 뭘 보채는지 알 수 없었다. 미스 웨스트우드는 그 행동의 의미를 아는 듯했다. 푸들을 내려놓고는 무뚝뚝한 어조로 이렇게 말했으니까. 「*It is time to walk Beatrice*(비어트리스를 산책시킬 시간이에요).」

나는 고개를 끄덕였다. 비어트리스가 그런 식으로 낑낑거리는 것은 볼일을 보고 싶기 때문이었다.

「*It is time to walk Beatrice*(비어트리스를 산책시킬 시간이라고요).」 그녀가 화난 말투로 다시 말했다.

나는 열려 있는 문 밖에 서 있는 검은색 정장 차림의

사내를 쳐다보았다. 자신에게 내려진 지시를 못 들은 것일까?

「*Don't you understand English?*(영어 몰라요?)」 결국 그녀가 짜증이 난다는 듯 나에게 말했다.

나는 마침내 깨달았다. 그 부탁, 아니 명령은 나에게, 오로지 나에게만 떨어진 것이었다.

나는 개 줄이 어디 있느냐고 물었다. 그녀가 핸드백에서 SM 액세서리처럼 생긴 걸 꺼내 내게 내밀었다. 나는 그것을 비어트리스의 목줄에 걸고 밖으로 나갔다. 검은색 정장 차림의 사내가 나에게 산책 길을 가르쳐주었다. 꼭 그럴 필요까지는 없었는데도. 왜냐하면 그개가 길을 알고 있었으니까.

비어트리스는 평소 가는 작은 공원으로 나를 이끌었다. 나는 그 순간의 시정(詩情)을 평가해 보려고 애썼다. 이거야말로 독특한 방식으로 런던을 발견하는 것 아니겠는가? 그 황당한 상황을 아무리 긍정적으로 생각하려고 애써도 마음 한구석에 치욕의 감정이 남았다. 나는 감히 속으로 그것을 표현해 보았다. 비비언 웨스트우드는 날 모욕한 후에 자기 개를 산책시키고 오라고 명령한 것이다. 그랬다, 그것이 분명 조금 전에 일어난 일이었다.

나는 주변을 둘러보았다. 그 작은 공원은 그것을 에워싸고 있는 집들만큼이나 흉물스러워 보였다. 사람들은 소름 끼치는 표정을 짓고 있었다. 끝으로, 습기를 품은 한기가 뼛속까지 파고들었다. 나 자신에게 털어놓아야만 했다. 런던은 정말이지 마음에 들지 않았다.

모든 게 혐오스럽다 보니, 나는 개라는 족속과 막 싼 똥을 내게 보여 주면서 낑낑거리고 폴짝폴짝 뛰는 비어트리스 폐하를 잠시 잊고 있었다. 나는 영국 법에도 애완견의 똥을 주인이 치우게 되어 있는지 잠시 생각해보다 알 수가 없어 그냥 손대지 않기로 마음먹었다. 경찰관이 불러 세우면 부티크의 연락처를 알려 주지 뭐.

몇 초 동안, 악마가 그 푸들을 납치해서 몸값을 요구하라고 속삭였다. 마치 허튼 생각하지 말라는 듯 비어트리스가 으르렁거리며 내 장딴지를 마구 물어뜯었다. 개는 주인을 닮는다더니 틀린 말이 아니었다. 나는 돌아갔다. 비비언 웨스트우드는 검은색 정장의 사내에게 비어트리스를 넘기고는 나에게 이것저것 꼬치꼬치 캐

물었다. 그 작은 짐승이 낯을 가리지는 않더냐? 똥은
어땠느냐? 그녀가 내 말을 귀 기울여 들은 것은 그때가
유일했다. 그러고는 곧 다시 권태와 멸시 속으로 빠져
들었다.

그 형벌 같은 인터뷰를 더 길게 끌고 갈 이유를 찾지
못한 나는 작별 인사를 했다. 미스 웨스트우드는 처음
처럼 나에게는 눈길도 주지 않은 채 건성으로 손을 내
밀고는 자기 일로 돌아갔다. 나는 버림받은 느낌에 사
로잡힌 채 거리로 나왔다.

정리해 보자. 나는 방금 아는 것도, 아는 이도 없는
낯선 도시에서 엘리자베스 1세로 변장한 늙은 펑크족
(아니면 그 반대이거나)에게 말 그대로 개보다 못한 취
급을 받았고, 전혀 친절하지 않은 거리에 홀로 서 있었
다. 설상가상 차디찬 안개비까지 내리기 시작했다. 나
는 얼이 빠져 호텔 쪽이라고 생각되는 방향으로 무작
정 걸었다. 나에게 눈곱만큼이라도 분별이 있었다면 택
시를 잡아탔을 테지만, 이제 런던 사람들은, 심지어 택
시 기사조차 나에게 일종의 공포를 불러일으켰다. 나는
그 이상한 종과는 아예 접촉을 하지 않는 쪽을 택했다.

평소 나는 낯선 도시에서 길을 잃고 헤매는 것을 좋아한다. 그 도시와 사귀는 데 그보다 더 좋은 방법은 없다고 주장한다. 그날 내가 겪은 것은 그런 것이 아니었다. 나는 망가진 작은 우산으로 비를 피하며 악몽에나 등장할 법한 도로들을 이리저리 헤맸다. 도로 양편에 서 있는 건물의 창들은 비비언 웨스트우드의 눈길을 하고 있었다. 지긋지긋한 한기 외에는 아무것도 느낄 수 없었던 나는 빅토르 위고가 했던 말, 〈런던, 그것은 건설된 권태다〉를 떠올렸다. 그 간결한 표현도 나에게는 너무 긍정적으로 보였다. 영국 전체가 그 수도와 닮았다면, 나는 사람들이 왜 영국을 〈신의 없는 알비온〉이라고 부르는지 알 것 같았다. 나는 천 년 전에 노섬벌랜드를 떠났던 내 조상들에 대해 한없는 공감을 느꼈다. 건물들을 지나칠 때마다 뭔가 은근히 적대적인 기운이 풍겨 나왔다.

나는 결국 내 영어를 알아듣지 못하는 척하는 원주민들에게 길을 물어봐야만 했다. 나는 그들에게 그들이 자랑스러워하는 할망구도 내 서툰 영어를 알아들었다고 쏘아붙이려다 꾹 참았다. 나는 무려 두 시간 동안 절망적인 배회를 한 끝에 호텔로 돌아왔고, 적과 거리를 두기 위해 내 방에 틀어박혔다. 나는 오랫동안 뜨거운 물에 몸을 담그고 있다가 침대에 누웠다. 안락의 즐거움도 잠시, 뭔가 처절하게 실패하고 말았다는 느낌이 날 사로잡았다. 내 평생 도시와의 첫 만남을 이 정도로 망친 적은 한 번도 없었다. 모뵈주나 비에르종이었다면 아마 웃고 말았을 것이다. 하지만 여긴 런던 아닌가!

셰익스피어가 위대한 걸작들을 쓰고 무대에 올렸던 런던, 지난 세계 대전 때 유럽의 명예를 지켜 줬던 런던, 모든 아방가르드 운동들이 활짝 피어났던 런던! 이 도시와의 만남을 망침으로써 내가 벌한 것은 바로 나 자신이었다. 물론 비비언 웨스트우드와의 인터뷰는 운명의 짓궂은 장난이었지만, 그렇다고 도시 전체를 비난하다니 이 얼마나 부당한 일인가! 서른네 살이나 먹은 여자가 영국 땅에서 첫날 밤을 보내면서 정말 침대에 누워 주문한 클럽 샌드위치나 먹으며 더는 방을 나서지 않아야 할까?

나는 본능적으로 전화기를 쥐었다.

「안녕, 페트로니유. 나랑 같이 저녁 시간 보내러 올

래요?」

「그러죠 뭐.」

「나 지금 런던에 있어요.」

「아, 그렇군요. 그래도.」

「기찻삯은 내가 낼게요. 괜찮으면 버킹엄 궁전만큼
이나 넓은 내 스위트룸에서 같이 자요.」

나는 그녀에게 호텔 주소를 자세히 알려 주었다.

「바로 갈게요.」

밤 9시, 그녀가 내 호텔 방 문을 두드렸다. 그 적대적인 나라에서 친구의 얼굴을 보니 반갑기 그지없었다. 내가 심정을 토로하려는데, 그녀가 말을 끊었다.

「배고파요. 우리 저녁 먹으러 가요. 이야기는 가는 길에 해주고.」

나는 재난이나 다름없었던 비비언 웨스트우드와의 만남에 대해 설명하며 어두운 골목길로 그녀를 따라갔다. 페트로니유가 재미있다는 듯 킬킬거리며 웃어 댔다.

「내 얘기가 웃겨요?」

「예. 당사자야 죽을 맛이었겠지만. 푸들 상전이라니!」

「당신이 나라면 어떻게 했겠어요?」

「그 할망구한테 내가 아는 스코틀랜드 욕설을 모조리 늘어놨겠죠.」

「내 불행이 거기 있어요. 난 스코틀랜드 욕설을 모르거든요.」

「퍽이나. 설사 알았더라도 당신은 아무 말도 하지 않았을 거예요. 나, 당신 책 『두려움과 떨림』 읽어 봤어요.」

그녀 말이 옳았다. 타인의 상스러움은 나를 경직시키는 것 말고는 다른 효과를 발휘하지 못한다. 얘기를 주고받는 사이, 우리는 군침이 도는 냄새가 나는 싸구려 식당 근처에 도착했다.

「인도식 저녁 식사, 어때요? 당신이 굳이 미트파이를 고집한다면야 할 수 없지만.」

그 훌륭한 식사는 곧 내 기운을 북돋아 주었다. 식사가 끝나자, 페트로니유는 날 술집으로 데려가 내 의견을 묻지도 않고 기네스 두 잔을 주문했다. 전위적인 록 밴드가 그들이 〈덥스텝dubstep〉이라고 부르는 묘한 음악을 연주했다.

「거품을 먼저 마시면 안 돼요.」 페트로니유가 거품을 핥아 먹는 나를 보고는 말했다. 「기네스는 거품을 통과해 마셔야 맛있어요. 게다가 거품을 핥아 먹는 모습이 멍청이 같아 보여요.」

「저 음악 마음에 드네요. 마치 베이스를 머리 인두로 지지는 것 같아요.」

「그러니까 내가 안 왔으면 그냥 호텔 방에 처박혀 있을 뻔했네요!」

「충격이 너무 컸거든요. 당신이 나에게 외출할 용기를 줄 수 있는 유일한 사람이라는 느낌이 들었어요.」

「소심하기도 하지. 더 험한 꼴도 겪었으면서, 심술궂은 할망구가 무시한다고 방에 틀어박히다니.」

밤늦은 시각, 페트로니유는 범죄가 일어날 것 같은 으슥한 골목으로 날 데려갔다. 그녀가 한곳에 자리를 잡고 서더니 아주 엄숙한 말투로 말했다.

「바로 여기예요. 내가 서 있는 바로 이곳에서 크리스토퍼 말로가 살해당했어요.」

나는 문득 내가 부들부들 떨고 있다는 걸 깨달았다.

「안 그래도 당신은 무시무시할 정도로 크리스토퍼 말로를 떠올리게 해요.」 내가 말했다.

「말로가 어떻게 생겼는지 알지도 못하면서.」 그녀가

대꾸했다.

「그렇긴 해요. 하지만 불량소년 같은 당신의 면모가 셰익스피어의 동시대인들과 너무나 닮았어요.」

「당신이 그런 터무니없는 말도 하네요!」

나중에 크리스토퍼 말로의 초상화를 볼 기회가 있었는데, 내 직감이 맞는 것으로 확인됐다. 페트로니유는 이상할 정도로 그와 판박이였다. 염소수염과 콧수염만 깎으면, 인형 같은 얼굴, 장난기 어린 소년의 표정, 영락없는 페트로니유였다.

우리는 새벽 1시쯤 되어서야 호텔 방으로 돌아왔다. 세 시간 후에 글을 쓰기 위해 일어났을 때, 나는 페트로니유가 어마어마하게 큰 침대 반대편에서 자고 있는 것을 보았다. 옷을 벗지도 않은 채 잠이 든 것 같았다.

나는 빅토리아 여왕 시대의 가구에 주눅 들지 않고 스위트룸의 응접실로 나가 글을 썼다. 매일 그랬듯이, 그 현상은 약 네 시간 동안 날 사로잡은 후에야 사라졌다. 나는 창을 통해 영불 해협 건너편의 태양과 같은 거라고 짐작되는 것, 다시 말해 그나마 조금 덜한 어둠이 떠오르는 것을 보았다.

페트로니유는 글쓰기 복장(일종의 일본식 반핵 캠페인 파자마)을 하고 있는 나를 본 적이 한 번도 없었다. 그래서 나는 그녀에게 정신적 외상을 입히지 않기로 마음먹었다. 내가 발뒤꿈치를 들고 침실을 가로질러 욕실 방향으로 살금살금 걸어가는데, 페트로니유의 목소리가 들려왔다.

「뭐야, 저거?」

「나예요.」

잠시 침묵.

「알았어요. 예상했던 것보다 훨씬 심각하네요.」

「보기 싫으면, 갈아입을게요.」

「아뇨, 아뇨. 내가 불을 켜면, 그거, 불붙는 거 아니에요?」

「제발.」

그녀가 불을 켜고는 다시 나를 쳐다보았다.

「오, 색깔이 끝내주네. 그 색깔을 뭐라고 불러요.」

「카키.」

「틀렸어요. 카키는 녹색인데, 그건 짙은 오렌지색이잖아요.」

「그래요. 이건 일본 과일 카키(감)의 색깔이에요. 내 글쓰기 복장이죠.」

「그걸 입고 쓰면 좋은 결과가 나오나요?」

「판단은 당신에게 맡길게요.」

그녀가 재미있다는 듯 웃더니 침대에서 일어났다. 이번에는 내가 놀랄 차례였다.

「아무것도 안 벗고 잤네요. 양말조차!」

「진짜 카우보이 같죠. 이러고 자야 밤에 누가 덮치면 방어를 하죠.」

「진지하게 하는 얘기예요?」

「아뇨, 그냥 곯아떨어졌어요.」

「아침 식사 주문할게요. 뭐 먹고 싶어요?」

「무엇보다 저들이 즐겨 먹는 소시지, 오트밀, 콩팥 따위는 시키지 말아요. 난 커피, 토스트, 잼으로 할래요.」

내가 룸서비스를 부르는 동안, 그녀는 샤워를 하러 갔다. 우리의 아침이 식당에 차려졌다. 우리는 귀족 부부처럼 각자 아주 긴 식탁 끝에 가서 앉았다.

「설탕 건네기가 편하겠네요.」 페트로니유가 말했다.

「좋네요.」

「저 사람들 얼마나 차분한지 봤어요? 아침 식사 가져 다준 아줌마, 당신이 오렌지색 파자마 차림으로 문을 열어 줬는데도 눈썹 한번 꿈적하지 않았어요.」

「살아오면서 더 심한 꼴도 봤으니까 그렇겠죠.」

「난 아니에요.」

내가 웃음을 터뜨렸다.

「오늘 아침에 뭐 하고 싶어요?」

「이 나라에 당신한테 흥미로워 보이는 게 뭐가 있어 요?」 내가 되물었다.

「박물관이 공짜인 것, 좋잖아요, 안 그래요?」

「두말하면 잔소리죠.」

「그럼 우리 대영 박물관에 가요.」

대영 박물관. 우리는 서로 잃어버리지 않기 위해 12시 에 메소포타미아 관에서 만나기로 했다. 매일 약속 장 소를 그런 곳으로 잡을 수 있는 건 아니다.

나는 그런 장소에 가면 세부보다는 전체를 감상하는 걸 더 좋아한다. 내키는 대로 마땅한 논리 없이 고대 이 집트에서 수메르를 거쳐 갈라파고스까지 걸어다니길 좋아한다. 내 안에 아시리아학 전체를 마구 욱여넣으면, 아페리티프로 아시리아의 설형 문자, 앙트레로 고대 북유럽의 룬 문자, 주 요리로 로제타석, 그리고 디저트로 선사 시대 손바닥 자국을 맛보고 내 신경 돌기들이 열광할 때 그것은 아직 내 위장에 남아 있을 것이다.

박물관에서 내가 참아 내지 못하는 것은 사람들이 그곳에 가면 으레 취해야 한다고 믿는 원로원 의원의 걸음걸이다. 나는 정반대로 눈으로 전체를 훑으며 구보하듯 이동한다. 전시 주제가 고고학이든 인상주의 미술이든, 나는 이 방법의 장점들을 깨달았다. 첫 번째 장점은 「저 어질어 보이는 아랍 족장 좀 봐. 마치 어제 시장에서 마주친 것 같지 않니?」 혹은 「파르테논 신전의 소벽(小壁)[18]을 두고 그리스와 영국 사이에 분쟁이 일어났대.」 따위의 끔찍한 여행 안내 책자의 여파를 피할 수 있다는 데에 있다. 두 번째 장점은 첫 번째 것에 수반되는 것으로, 박물관 출구에 대한 고려를 할 수 없다는 데에 있다. 현대의 부바르와 페퀴셰들은 출구를 찾지 못하면 혼비백산한다.[19] 세 번째 장점은 나에게는 작지 않은 것인데, 오래 서 있으면 갑자기 찾아오는 끔

18 기둥과 지붕 사이의 작은 벽.

찍한 요통을 막아 주는 데에 있다.

정오경, 나는 내가 길을 잃었다는 것을 깨달았다. 나는 한 직원에게 다가가 이렇게 말했다.

「메소포타미아, 플리즈.」

「*Third floor, and turn left*(3층 좌회전).」 그는 더없이 간단하게 이렇게 대답했다.

따라서 메소포타미아에 가는 게 그렇게 어렵다고 믿는 건 잘못이다. 약속을 잘 지키는 페트로니유가 그곳에서 날 기다리고 있었다. 나는 그녀가 뭘 구경했는지 주저리주저리 늘어놓지 않아서 고마웠다. 그녀는 대신 나에게 피시 앤드 칩스[20]를 제안했다.

「정말요?」 내가 물었다.

「그래요. 한번 먹어 볼 가치가 있는 영국 대표 요리예요. 소호에 잘하는 곳을 내가 알아요.」

문제의 싸구려 식당에서 그녀는 내 의사를 물어보지도 않고 내 접시에 식초를 잔뜩 뿌려 주었다. 그래서 아

---

19 플로베르의 소설 『부바르와 페퀴셰』는 빠져나올 수 없는 순환 구조로 되어 있다.

20 흰 살 생선 튀김에 감자튀김을 곁들여 먹는 영국 대표 요리.

주 맛이 있었다는 건 나도 인정한다.

「우리, 말 놓을까요?」 맥주로 목을 축이며 그녀가 제안했다.

「왜요?」

「같은 침대에서 잤고, 내가 오렌지색 파자마 차림의 당신을 봤고, 함께 피시 앤드 칩스를 먹고 있으니까요. 서로 말을 높이는 게 점점 어색하게 느껴져요.」

「나에게 유일한 질문은 이거예요. 〈말을 놓는 게 과연 우리에게 무엇을 가져다줄까?〉」

「됐어요. 반대란 말이죠.」

「솔직히 말해, 백이면 백 다 그래요.」

「당신이 받은 가정 교육 때문이에요.」

「정반대예요. 우리 집안에서는 가능하면 다 말을 놓아요. 이건 즉각적인 반응이에요. 난 말을 높이는 게 좋아요.」

「알았어요.」

「잠깐만요, 우린 둘이니까.」

「그럼 무효네요. 찬성 한 표, 반대 한 표니.」

「그래요, 여기서 왜 내 표가 이겨야 하죠? 그건 공정

하지 않아요.」

「아무리 그래도 동전을 던져서 결정하자는 얘긴 아니겠죠?」

「맞아요, 바로 그거예요. 우연은 정의라 불러 마땅한 정의예요.」

페트로니유가 주머니에서 1페니 동전을 꺼내며 말했다.

「뒷면, 반말. 앞면, 높임말.」

그녀가 엄지를 튕겨 동전을 허공으로 날렸다. 내가 그토록 여왕의 얼굴을 보고 싶어 한 적은 결코 없었다.

「뒷면!」 그녀가 외쳤다.

「힘들게 됐네요.」

「말만 해요. 그러면 말 안 놓을 테니.」

「아뇨, 아뇨. 나도 모르게 말을 높이는 경우가 많겠지만, 시간이 가면 말을 놓게 될 거예요.」

점심 식사 후에 우리는 중고 닥터마틴 신발을 파는 빈티지 가게 앞을 지나갔다. 나는 거기서 너무 낡지는 않은, 가는 가죽끈으로 묶는 로열 블루 신발을 발견했다. 페트로니유는 그 신발이 나한테 〈끝내주게〉 잘 어울린다고 선언하듯 말했다.

「저게 네 덜떨어진 신발보단 백배 나아.」

「덜떨어진 신발이라니, 내 신발이 어때서?」

「네가 정상인이라면 수긍할 거야.」

「이것 봐, 함부로 말을 놓으면 안 된다니까. 네가 날
어떻게 취급하는지 좀 봐.」

「틀렸어. 어젯밤에 난 이미 널 멍청이 취급했었어.」

이상하게 마음이 편해진 나는 가죽끈 닥터마틴 신발
을 샀고, 지금도 신고 있다.

역으로 가는 길에 우리는 웰시 코기를 산책시키는 사
람과 마주쳤다. 우리는 동시에 황홀경에 빠져들었다.

「난 저 개 너무 좋아!」 페트로니유가 소리쳤다.

「나도. 내가 제일 좋아하는 개야. 여왕의 개이기도
하지.」

「그렇게 말하니, 웰시 코기와 엘리자베스 2세를 반반
섞어 놓으면 너를 닮았을 것 같아.」

그녀는 의견을 굽히지 않았다.

유로스타에서 페트로니유는 런던에 대한 나의 평결
을 물어보았다.

「네가 올 때까지는 연옥이나 다름없었어.」

「나와 함께했을 때는?」

「지옥.」

그녀가 깔깔대며 웃었다.

「맞아, 정말 재미있었어.」

내가 그녀 덕분에 그 짧은 런던 체류를 높이 평가했던 건 사실이다. 그렇지만 그다지 쾌활하지 않은 구역에 위치한 파리 북역에 도착하며 내가 갑자기 왜 사람들이 〈쾌활한 파리〉라고 말하는지 깨달았던 것도 사실이다.

「이 도시는 얼마나 유쾌하고 가벼운지!」

「우리 샴페인 마시러 갈까?」 페트로니유가 제안했다.

그녀 말이 맞았다. 파리와 샴페인은 서로 이어져 있었다. 북역 맞은편에 있는 첫 번째 술집에 들어서자마자 나는 테탱제 한 병을 주문했다. 우리는 영국에 대해 험담을 늘어놓으며 잔을 비웠다. 분위기를 위해 그보다 좋은 것은 없었다. 우리는 헤어지면서 험담은 했지만 정말 그렇게 생각하지는 않는다고 인정했다.

집으로 돌아온 나는 곧바로 〈비비언 웨스트우드 대담〉을 썼는데, 그 여자를 한껏 치켜세워 주었다. 그렇지

만 푸들을 산책시키게 한 것을 포함해, 그녀가 나에게
보였던 무례한 언행은 단 하나도 빼놓지 않았다. 인터
뷰를 맡긴 잡지사 기자가 내 원고를 받자마자 사과를
하기 위해 전화를 걸어왔다.

「당신 잘못도 아닌데요, 뭘. 그런데 왜 나한테는 그
녀가 날 만나면 아주 좋아할 거라고 말했어요? 난 그게
이해가 안 돼요.」

「그녀의 대리인이 저한테는 그렇게 말했거든요. 아
마 그냥 해본 말이었나 봐요. 어떻게 사과를 드려야 하
죠? 정신적 피해가…….」

「아니, 정신적 피해랄 것까지야. 그럴 거면 아예 정신
과에 예약 잡고 알려 주시지 그러세요?」

「물론 그럴 수야 없죠. 대신 샴페인 몇 병이면 훌륭
하게 정신적 피해를 보상할 수 있을 것 같은데…….」

보아하니, 그 기자는 나를 잘 알고 있었다.

「아, 그 정신적 피해를 말씀하셨던 거군요. 그래요,
로랑페리에 한두 병이면…….」

「퀴베 그랑 시에클로 할까요?」

「당신이 옳아요, 제가 입은 정신적 피해를 과소평가

해선 안 되죠.」

　이튿날, 로랑페리에 퀴베 그랑 시에클 네 병이 내 집으로 배달되었다. 이런 조건이라면, 나는 지구촌에서 가장 고약한 사람과도 인터뷰를 하고, 그들의 푸들을 원하는 곳으로 데려가 산책시킬 용의가 있다.

2002년, 페트로니유 팡토의 두 번째 소설, 『네옹*Le Néon*』이 스톡 출판사에서 출간되었다.

나는 즉시 그 책에 달려들었다. 우리 시대의 청소년에 관한 이야기였다. 열다섯 살배기 오블로모프[21]라 할 수 있는 주인공 레옹은 자신의 허무주의적인 현기증 속으로 온 가족을 끌어들였다. 이 소설은 페트로니유의 첫 번째 소설보다 나를 더 깊이 매료시켰다. 절망을 전하는 섬세하고 익살스러운 방식이 특히 마음에 들었다.

나는 페트로니유에게 나만이 쓸 수 있는 그런 편지

---

21 러시아 소설가 곤차로프Goncharov의 대표작 『오블로모프*Oblomov*』의 주인공. 매력적이지만 무기력한 인물로, 19세기 러시아 귀족을 표상한다.

를 썼다. 깊은 감탄을 불러일으킨 이에게 그 감탄을 표현하는 것은 아주 어렵다. 말로는 나도 절대 못 한다. 하지만 글은 그 장애를 우회하게 해준다. 종이에 글을 씀으로써 과한 흥분에서 벗어나게 된다. 페소아[22]는 글을 쓰면 느낌의 열기가 줄어든다고 말한다. 멋진 말이지만 나한테는 안 맞는다. 오히려 정반대다. 내 경우, 글을 쓰면 느낌의 열기가 오히려 더 심해진다. 하지만 이미 위험 수준인 체온이 수직 상승하면서 내가 푹 빠진 혼란을 표현할 수 있는 구체적인 형식들이 마구 떠오른다.

페트로니유가 나에게 전화를 걸어왔다. 그녀는 내 편지를 읽고 기분이 좋은 듯했다. 바로 이렇게 외쳤으니까.

「이거야, 원!」

「고마워.」

「네가 내 책에 대해 생각하는 걸 보니, 샴페인 같이 마시자고 날 초대하고 싶어 안달이 났을 것 같군. 내가

---

22 Fernando Pessoa(1888~1935). 포르투갈 시인, 대표작으로는 『불안의 책』이 있다.

희소식을 전하지. 좋아, 초대에 응하겠어.」

나에겐 비비언 웨스트우드 건에 대한 정신적 피해 보상으로 받은 샴페인 한 병이 남아 있었다. 샴페인을 두 잔째 비울 때쯤, 나는 페트로니유에게 그녀가 『네옹』을 통해 최근의 경향, 다시 말해 어른들이 청소년들의 가치에 전염되는 경향을 고발하고 있다고 말했다.

「네가 프랑스 2 채널에서 밤늦게 하는 토론 프로그램의 사회를 보지 않는 게 정말 유감이군!」 그녀가 말했다.

「빈정대는 건 네 자유지만, 사실이 그래.」

「이 대화를 술집에 가서 계속할까? 거기가 사람들이 헛소리를 늘어놓는 곳이니까 말이야.」

페트로니유는 가벼운 대화 외에는 참아 내질 못했다. 단, 정치 문제를 제외하고. 정치 얘기만 나오면 조만간 공산 투사의 딸이 모습을 드러냈고, 주제가 봉급이든 실업이든 그 무엇이든 간에 그녀가 「모르는 소리 마, 그건 정말이지 지랄 맞아!」라고 소리치는 순간이 왔다.

그녀가 지금도 화가 머리끝까지 치밀면 버럭 내뱉는 이 형용사는 언제나 날 화들짝 놀라게 만들었다. 나는 페트로니유 팡토를 제외하고 그 단어를 사용하는 사람을 한 번도 본 적이 없다. 아를레트 라기예[23]나 올리비에 브장스노[24]조차도 사용하지 않았다. 나에게 그것은 페트로니유의 아파스[25]였다. 그녀가 〈지랄 맞다〉는 딱지를 붙인 것들 중에서는 내가 〈지랄〉과 관계가 있으리라고 상상도 못 했던 것들도 있었다.

그날 밤, 그녀가 파리의 몇몇 유명 서점에서 사인회를 하게 됐다고 말했을 때, 그리고 내가 잘됐다고 축하했을 때, 나는 그녀가 버럭 화를 내는 것을 보았다. 그녀가 격분하는 이유를 털어놓았다.

「그 부르주아 서점들은 사인을 하느라 그들 삶의 소중한 두 시간을 바치러 오는 작가들에게 보상을 해줘야 해!」

「이봐, 페트로니유, 도대체 무슨 애길 하는 거야? 서점주들은 이미 작가와 독자를 이어 주느라 갖은 애를

23 Arlette Laguiller(1940~). 프랑스 정치인, 트로츠키주의 정당 〈노동자의 투쟁〉 공식 후보로 매번 대통령 선거에 출마하고 있다.
24 Olivier Besancenot(1974~). 프랑스 정치인, 〈공산 혁명 노동자 연맹〉을 이끌고 있다.
25 *hapax*. 단 한 번밖에 사용된 적이 없는, 혹은 용례가 매우 드문 낱말.

쓰고 있어. 서점주가 자기 서점에 저자를 초대해 사인회를 여는 건 위험을 무릅쓰는 거지만, 저자에겐 하나의 선물이야!」

「너는 그따위 말을 믿는구나, 응? 순진하기도 하지! 난 모든 노동에는 대가가 따라야 한다고 당당하게 말할 수 있어. 보수가 없는 사인회는 지랄 맞아!」

나는 할 말을 잃고 멍하니 있었다.

「이런, 술잔이 비었네.」 그녀가 나에게 빈 잔을 내밀며 툴툴거렸다.

「한 병 다 마셨어.」

「그럼 한 병 더 따.」

「아냐, 이 정도만 하는 게 좋을 것 같아.」

내가 보건대, 그녀가 취하면 취할수록, 그녀가 내뱉는 말은 좌에서 좌로 계속 넘어갔다.

「뭐라고, 딱 한 병만 마신다고? 아파트에 샴페인이 넘쳐 나는 아멜리 노통브께서? 이건 외설적이야! 혐오스럽다고. 이건……」

「지랄 맞아?」 내가 제안했다.

「그래, 바로 그거야.」

페트로니유의 술친구가 되는 것은 절대 안전하지 않은 일로 드러났다. 얼마 후, 우리가 무슨 문학 행사에 참석했다가 모에에샹동에 취해 가고 있을 때, 그녀가 당장 스키를 타러 가자고 제안했다. 그녀가 이야기 주제를 어떻게 그쪽으로 끌고 갔는지는 정확하게 기억나질 않는다. 상상력과 개연성을 동원해 당시 대화를 재구성해 보자면, 대충 이렇다.

「저 원숭이 같은 작자들 좀 봐. 저런 인간들하고 함께 있자니, 산꼭대기의 맑은 공기가 너무 그리워.」

「나도 산 무지 좋아해.」 내가 별 뜻 없이 맞장구를 쳤다.

「좋아. 지금이 12월이니까 이번 달이 끝나기 전에 둘이 함께 스키 타러 가자. 그쪽으로 잘 아는 사람을 찾아보자고.」

우리가 누구에게 문의를 했는지는 기억이 나질 않는데, 이튿날 아침 우리 두 사람은 이야기의 편의를 위해 아카리아라는 이름이 붙게 될 스키장에 예약이 되어 있었다.

나는 어떻게 된 일인지 물어보려고 페트로니유에게 전화를 걸었다. 그녀는 취하면 나보다 더한 기억 상실증에 걸렸다.

「이런, 아무것도 기억이 안 나. 어쨌거나 잘됐네, 따지지도 묻지도 말고 그냥 스키 타러 가자고. 기차표는 네가 알아서 할래?」

사실 그녀 말이 맞았다. 운명은 만들어 가야 한다. 내가 자발적으로 하는 것으로 충분하다면, 내 삶에는 아무 일도 일어나지 않을 터였다.

12월 26일, 기차와 택시를 갈아탄 끝에 우리는 해발 1천2백 미터 고지에 있는 아카리아에 도착했다. 우리는 아파트 겸 오두막에 짐을 풀었다. 페트로니유가 안

달이 나 발을 동동 구르는 바람에 곧바로 스키복으로 갈아입고 산으로 올라가야만 했다.

리프트 이용권을 사려고 줄을 서서 기다리는데, 그녀가 물었다.

「스키 타본 지는 얼마나 됐어?」

「일본에서 타보고는 안 타봤어.」

「그럼, 그 유명한 일본인 약혼자하고?」

「아니. 내가 어릴 때였어.」

잠시 침묵이 흘렀다.

「몇 살 때?」 그녀가 물었다.

「네 살.」

「지금 네 살 때 타본 게 마지막이었다고 말하는 거야?」

「그래.」

「너, 지금 몇 살이야?」

「서른다섯.」

망연자실한 페트로니유가 한숨을 내쉬었다.

「내가 가르쳐 줄 거라고 기대하진 마. 난 즐기러 왔으니까.」

「안 가르쳐 줘도 돼.」

「30년 넘게 안 타봤다며, 아멜리!」

「네 살 때 난 스키를 아주 잘 탔어.」

「그래, 유치원에서 〈참 잘 탔어요〉상을 받았구나. 아주 감동적이야.」

「자전거하고 같아. 타는 법을 잊어버리지 않는다고.」

「천만의 말씀.」

「난 어린 시절의 천재성을 믿어.」

페트로니유가 손으로 얼굴을 감싸며 말했다.

「우리는 재앙을 자초하고 있어.」

「어떻게 타는지 다리에 감이 오니까 안심해.」

2시 30분, 우리는 스키 코스에 올라가 있었다. 태양은 눈부셨고, 눈도 이상적으로 쌓여 있었다. 내 흥분도 절정에 달해 있었고.

페트로니유가 화살처럼 활강했다. 그녀는 눈 깜짝할 사이에 흠잡을 데 없이 우아하고 유연한 동작으로 그 어마어마한 경사면을 미끄러져 내려갔다.

환희의 절정에 오른 나도 그녀를 따라 했다. 하지만 2미터도 못 가 거꾸러지고 말았다. 곧바로 일어나 몸을 날렸지만 얼마 못 가 다시 눈 위에 곤두박질쳤다. 이 우스팡스러운 몸부림은 열다섯 번이나 연속 반복되었다. 그사이 리프트를 타고 다시 올라온 페트로니유가 내게로 다가왔다.

「어린 시절의 천재성이 잘 작동하지 않나 보네. 내가 가르쳐 줘?」

「가만히 내버려 둬!」

그녀는 10분도 채 지나지 않아 아래까지 내려갔다 다시 올라왔고, 5초마다 넘어지는 내 곁에서 또다시 참견을 해댔다.

「문제가 있어. 너한테는 아주 인내심이 많은 선생이 필요해.」

나는 엉엉 울음을 터뜨렸다.

「그리고 정신과 의사도.」 그녀가 덧붙였다.

「날 좀 내버려 둬! 내가 할 수 있다고! 네가 옆에서 자꾸 알짱대니까 더 안 되는 거야. 너, 여기서 아주 멀리 떨어진 코스에 가서 타면 안 되겠니?」

「좋아.」

그녀가 순식간에 사라졌다.

따라서 나는 혼자였다. 내 다리를 연장하는 것으로

간주되지만, 당장은 터키 칼을 신발 삼아 신은 것 같은 느낌을 주는 이상한 물체 두 개를 발에 단 채. 나는 네 살 적의 느낌을 되찾기 위해 눈을 감고 내 내부로 뛰어들었다.

1970년대 초에 일본 열도에는 티롤 지방에 대한 환상이 휩쓸고 있었다. 내 부모는 일본 알프스 스키장에 있는 뻐꾸기시계처럼 생긴 오두막을 일주일 동안 빌렸다. 스키장 코치들은 가죽 반바지, 안내원들은 원피스에 에델바이스를 수놓은 오스트리아 민속 의상 차림으로 손님들을 맞았다. 당시는 크리스마스 시즌이었다. 우리가 핫 초코를 마시러 가면, 그곳에는 언제나 독일어로 소나무의 영광에 바치는 찬가를 부르는 일본 합창단이 있었다. 나에게 그 세계는 매혹적일 정도로 낯설게 보였다.

엄마가 스키 코스에서 나에게 기본 동작을 가르쳐 줬고, 그것은 곧 결실을 맺었다. 그 주가 끝나 갈 즈음, 나는 꼬마 스키를 타고 번개처럼 내달렸다. 심지어 방향을 트는 것도 성공했다.

〈눈을 계속 감고 있으면 할 수 있어.〉 나는 이렇게 마음먹었다. 그래서 눈을 감고 몸을 날렸다. 아닌 게 아니라 감각들이 돌아왔다. 나는 주기적으로 방향을 틀어가며 넘어지지 않고 경사면 아래까지 내려왔다. 나는 승리의 함성을 내질렀다.

내가 리프트를 향해 나아가고 있는데, 덩치 큰 남자가 쫓아왔다.

「도대체 무슨 짓입니까? 아이들한테 스키를 가르치고 있었는데, 하마터면 당신이 그 애들과 충돌할 뻔했다고요!」

「죄송합니다. 제가 눈을 감고 있어서요.」

「정신이 나간 거예요, 뭐예요?」

방법을 바꾸는 편이 나았다. 다행스럽게도 다시 코스 꼭대기로 올라갔을 때 나는 내가 눈을 뜨고도 스키를 아주 잘 탄다는 사실을 알아차렸다. 분설 속을 요리조리 내달리고 둔덕을 도약대 삼아 날아오르는 건 정말이지 신나는 일이었다. 얼마나 멋진 스포츠인지! 나는 다른 코스들도 시도해 봤는데, 모두 무난히 성공했다. 나를 따라잡은 페트로니유가 깜짝 놀란 표정으로 물었다.

「도대체 어떻게 된 거야?」

「난 어린 시절의 천재성을 믿어.」 내가 다시 말했다.

우리는 함께 날이 어두워질 때까지 스키를 즐겼다. 그 후로 나는 페트로니유가 그때 일을 떠올리며 이렇게 말하는 걸 몇 번이나 들었는지 모른다. 「제대로 서지도 못해 징징대는 초보하고 스키를 타러 갔는데, 한 시간 후에 보니 완전히 프로처럼 타는 거야! 정상이 아냐, 정상이.」

이튿날 아침, 페트로니유가 잠을 완전히 설쳤다고 말했다. 「여기, 진드기 천지야! 나 알레르기가 있거든.」

「그럼 어떻게 해야 돼?」

「창문을 열어야지.」

우리는 아파트 창문을 열어 보려고 시도했다. 하지만 헛수고였다. 스키장 측에서 한겨울에 창문을 여는 손님이 있을 거라고는 예상하지 못한 게 분명했다. 그 일은 불가능한 것으로 드러났다.

「정신이 나갔구먼! 밀폐된 공간에 양탄자를 깔아 놓고는 환기조차 시킬 수 없게 해놓다니!」

「진드기에 대항할 다른 방어법은 없어?」

「진공청소기.」

나는 벽장에서 게으르고 불결한 독신자나 쓸 법한 진공청소기 비슷한 것을 찾아냈다. 페트로니유는 그것을 혐오의 눈길로 쳐다보았다. 내가 그것으로 곳곳을 밀었다. 그녀가 어깨를 으쓱했다.

「이불도 털어야 할 거야. 그런데 창문을 열 수가 없으니…….」

「열리든 안 열리든 상관없어. 내가 바깥으로 들고 나가서 털어 올게.」

내가 이불을 얼싸안고 바깥으로 나가 사람들이야 보든 말든 씩씩하게 털었다. 페트로니유는 내가 돌아올 때마다 바깥에서 털어 와야 할 새로운 것을 내밀었다. 베개, 시트, 침대 커버. 나는 군소리 없이 작업에 몰두했다.

오락가락을 수차례 반복했을 때, 그녀가 침대 매트 옮기는 걸 도와주겠다고 나섰다.

「그건 혼자 못 들 거야.」

「잠깐. 매트를 길거리로 들고 나가서 털자고?」

「진드기가 가장 좋아하는 게 매트야. 진드기들에겐

4성급 호텔이나 다름없어.」

나는 감히 항의할 수 없었다. 침대 매트를 들어 올리고, 어깨에 짊어지고, 바깥으로 들고 나가는 건 진정한 고행길이었다. 하지만 그것도 턴 다음에 좁은 층계로 다시 올리는 형벌에 비하면 아무것도 아니었다.

우리가 그것을 아파트에 다시 올려놓는 데 겨우 성공했을 때, 페트로니유가 밀어붙였다.

「됐어. 이번에는 네 매트.」

「왜? 난 진드기 알레르기 없는데!」

「생각을 좀 해봐. 우리 침대 사이의 거리는 1미터야. 그 정도 거리면 진드기가 얼마든지 건너올 수 있다고.」

체념한 나는 내 매트를 들어 올려 바깥으로 옮기며 십자가를 메고 고행길을 단 한 번 걷기만 하면 됐으니 그리스도가 그리 큰 고생을 한 건 아니라는 생각을 했다. 〈내가 키레네의 시몬이라면 또 모를까,〉 나는 속으로 생각했다. 그러고는 페트로니유가 했던 것처럼, 시몬에게 〈이봐, 자네 나 좀 도와줄 거야, 말 거야?〉라고 말하는 그리스도를 상상하며 혼자 웃었다.

우리는 아직 바닥을 친 게 아니었다. 우리가 길에서

끙끙대며 매트를 털고 있는데, 이웃에 사는 정의의 수호자들에게 신고를 받은 경관 둘이 달려왔다.

「뭡니까, 백주 대낮에 이런 식으로 집을 터는 겁니까?」 경관 하나가 물었다.

「아뇨, 청소하는 거예요.」 내가 헐떡이며 대답했다.

「그래요. 신분증 좀 봅시다.」

우리는 결백을 증명하느라 몹시 애를 먹었다. 가장 힘든 것은 페트로니유의 입을 막는 것이었는데, 내가 공손하고 타협적인 말투로 끼어들어 겨우 해냈다. 경관들이 가면서 충고했다.

「다시는 이런 일 없도록 하세요!」

다행스럽게도 그들은 페트로니유가 이렇게 대답하는 것을 듣지 못했다.

「내일 아침에 다시 시작할 거예요!」

하지만 나는 들었다.

「정말?」

「그럼! 진드기들은 명줄이 질기거든.」

감당할 수 없는 낙담이 나를 덮쳐서 스키를 타러 올라갔는데도 더는 어떠한 즐거움도 느낄 수 없었다. 매일 매트 두 개를 옮겨야 한다는 부담 때문이었을까? 내가 느낀 건 스트레스와 무기력뿐이었다.

정오경, 페트로니유가 한숨을 쉬며 말했다.

「이제 스키도 지겨워!」

「벌써?」

「잠을 설쳐서 그래. 신나게 지낼 수 있는 아이디어 좀 없어?」

그 아이디어, 나한테 하나가 있었다. 나는 페트로니유가 크로크므시외로 점심을 때우게 내버려 두고 자그마한 슈퍼마켓으로 달려갔다. 그곳에서 파는 샴페인은 파이퍼 에드시크밖에 없었다. 나는 배낭에 샴페인 두 병을 넣어 돌아왔다. 우리가 리프트를 타고 다시 코스 정상으로 올라갔을 때, 나는 페트로니유에게 나는 그냥 거기 있을 테니 30분 후에 내게로 오라고 말했다. 그녀가 출발하자마자, 나는 샴페인을 꺼내 눈 속에 파묻었다.

〈정말 끝내주는 곳이야! 얼음 통도 필요 없잖아!〉 나는 생각했다. 나는 내가 그런 파노라마 속에서 차갑게 식힐 수 있을 그랑 크뤼의 수를 상상하며 기다림의 시간을 보냈다. 일본의 시에는 적절한 표현이 있다. 경치를 보고 있으면 제일 좋은 게 모습을 드러내는 법이다.

페트로니유가 돌아와서는 싫증 나서 더는 못 타겠다고 툴툴거렸다.

「네 깜짝 이벤트가 쓸 만한 것이길 바라.」

내가 샴페인 병 하나를 파냈다. 그녀의 눈이 휘둥그레지더니 전형적인 지적을 했다.

「보아하니, 잔 생각은 못 했군.」

그러자 내가 두 번째 병을 파냈다.

「그래서 두 병을 샀어. 각자 병째 들고 마시자고.」

「그거, 근사한데!」

「술을 마시면서 스키를 타자는 게 내 아이디어야. 손에 술잔을 들고 스키를 타는 거, 이거 완전 제임스 본드잖아.」

「스키를 타면서 술을 마신다고? 정신 나갔군.」

「간단히 말해, 실용적인 거지. 우리, 활강 개시를 하자. 내 말은, 여기서부터 마시기 시작하자고.」

우리는 병을 땄다. 자기 병을 반쯤 비웠을 때, 페트로니유가 스키를 타면서 술을 마시는 것도 시도해 볼 만한 일이라고 선언했다.

「문제는 손이 두 개밖에 없다는 거야.」 그녀가 말했다.

「그것도 생각해 봤어. 오른손에 스틱, 왼손에 병을 들면 돼.」 내가 대답했다.

「그럼 두 번째 스틱은? 그것도 필요하단 말이야!」

「텔레비전에서 봤는데, 장애인 스포츠 경기에서 한쪽 팔 없어도 스키를 잘만 타더라고.」

나는 내 논거 전체를 아주 치밀하게 준비해 뒀다. 그것은 오로지 취하기만을 원하는 술꾼 한 명만을 겨냥한 것이었다.

따라서 두 번째 스틱 두 개는 내 배낭에 묶였고, 파이퍼 에드시크 병으로 대체되었다.

「그런데 이거 적법한 거야?」 페트로니유가 또다시 물었다.

「한 번도 시도된 적이 없는 일이니 합법도 불법도 아냐.」 내가 단호한 표정으로 잘라 말했다.

그녀가 먼저 몸을 날렸다. 나는 그녀가 스키를 그토록 과감하게 타는 것을 본 적이 없었다. 나도 그녀를 따라잡기 위해 비탈로 뛰어들었다. 느낌이 아주 특별했다. 마치 공기와 눈이 거의 저항을 하지 않는 것 같았다. 시간 역시 달라졌다. 천 년 동안 지속될 것 같은 순간의 엑스터시 속에서 모든 게 진행되었다.

「세상에나, 세상에나!」 그녀 곁에 도착했을 때 내가 소리쳤다.

우리는 각자 액체로 된 금을 벌컥벌컥 들이켰다.

「끝내주지. 그런데 문제는 쏜살같이 미끄러지면서 마시는 게 불가능하다는 거야.」 그녀가 말했다.

「꼭 그래야 하는 건 아냐.」

「잠깐, 스키를 타면서 마시기로 한 거 아니었어?」

「반드시 절대적으로 동시에 해야 하는 건 아냐. 커피와 담배 비슷한 거지. 둘이 잘 어울리지만, 연기와 음료를 동시에 입에 물고 있진 않잖아.」

「네 비교는 견고하질 못해.」

「샴페인을 마시려면 고개를 뒤로 젖혀야 하는데, 그러면 앞을 볼 수가 없잖아. 그건 아주 위험할 거야.」

「잽싸게 마시면 안 위험해.」

「그럼 술이 아깝지!」

「괜찮아, 동 페리뇽이 아니니까.」

나는 너무나 속물적인 그녀의 면모를 발견하고 눈이
휘둥그레졌다. 그녀가 그 틈을 이용해 다시 몸을 날렸
다. 나는 숨을 멈춘 채 그녀가 활강을 하면서 팔꿈치를
들고 고개를 뒤로 젖히는 것을 보았다. 그녀가 잠시 병
주둥이를 입으로 가져갔는데, 그 1초가 나에게는 한 시
간은 족히 되는 것처럼 느껴졌다. 〈저따위 아이디어를
낸 사람이 바로 나라니!〉 내가 속으로 한탄했다.

　하지만 술에 취해 스키를 타는 여자들을 보살펴 주
는 신이 있는 모양인지, 그녀는 무사히 활강을 마쳤다.
맨 아래에 도착한 그녀는 나를 바라보며 의기양양하게
팔을 흔들어 댔다.

　두려움에 정신이 번쩍 든 나도 그녀와 합류했다.

　「너는 나처럼 안 해?」

　「안 해. 그리고 부탁인데, 그 위험한 짓을 두 번 다시
하지 마. 너나 제삼자를 죽음으로 내몰았다는 죄책감
에 시달리고 싶지 않으니까.」

　「이런, 괜찮아, 난 착하니까.」

　나는 입을 다물었다. 〈착하다〉는 아마도 세상에서
그녀와 가장 안 어울리는 형용사일 것이다.

「이제 뭐하지?」 바닥을 드러낸 샴페인 병을 나에게 보여 주며 그녀가 투덜거렸다.

「술이 깰 때까지 스키 더 타자.」

「아주 좋아. 그러니까 5분 더 있다가 오두막으로 돌아가는 거야.」

그런 예측은 숫자가 늘어날 걸 감안했어야 하는 것이었다. 다시 말해 우리는 해가 저물 때까지 스키를 탔다. 우리는 깔깔깔 미친 듯이 웃어 대고, 위험하기 짝이 없는 짓을 하고(정면에서 둔덕을 향해 돌진하고, 동계 올림픽 출전을 위해 연습이라도 하는 것처럼 똥폼을 잡는 멍청이들 앞을 가로지르는 등), 도발적인 선언(페트로니유는 「사부아인들은 진정한 프랑스인이 아니다!」라고 소리쳤다)으로 사람들의 이목을 끌었다. 간단히 말해, 우리는 좋은 시간을 실컷 즐겼다.

저녁 시간, 기분이 아주 좋았던 우리는 작은 파이, 핫초코, 구운 브리오슈, 절인 오이, 오보말틴 초콜릿 바, 그리고 생양파를 마구 쌓아 놓고 성대한 식사를 했다.

「진드기들이 모여 록 페스티벌을 벌인다 해도 오늘 밤은 죽은 듯이 잘 것 같아.」 페트로니유가 침대에 쓰러지며 말했다.

나도 그녀를 따라 했고, 곧 술꾼의 무거운 잠 속으로 빠져들었다.

다음 날 아침, 안색이 푸르스름하게 변한 그녀가 나에게 간밤에 한숨도 못 잤다고 징징거렸다.

「진드기는 명줄이 질겨. 나 숨 쉬는 것도 힘들어지기 시작해.」

천식 환자처럼 그녀의 목에서 쉭쉭 소리가 났다.

「어떻게 되는데?」 내가 물었다.

「점점 나빠질 거야.」

「알았어. 내가 택시를 부를 테니 파리로 돌아가자.」

「잠깐. 이 빌어먹을 한 주를 예약하면서 받은 계약서 좀 줘봐!」

내가 그녀에게 서류를 건네주었다. 그녀는 돋보기를 든 채 아무도 들여다보지 않는 그 깨알 같은 글자들을 모조리 읽어 내려갔다. 한 시간 후, 그녀가 외쳤다. 「이 해약 조항을 발동시켜야겠어!」

그녀가 아주 작은 크기로 기재되어 있는 번호로 전

화를 걸었다. 천식 환자처럼 말하기 위해 목소리를 꾸
밀 필요도 없었다.

「천식 발작으로 사망하는 건 아주 흔한 일이에요.」
나는 그녀가 이렇게 말하는 것을 들었다.

그녀가 전화를 끊더니 구급차가 곧 도착할 거라고
말했다.

「병원으로 갈 거야?」 내가 물었다.

「병원은 무슨. 우린 파리로 돌아갈 거야, 너랑 나랑.
너는 내 동반자니까 합법이야.」

「구급차를 타고 파리로 돌아간다고?」

「응. 거액을 아낄 수 있을 뿐만 아니라, 그 편이 훨씬
빠를 거야. 이제 짐을 싸자고.」 그녀가 자랑스럽게 말
했다.

구급차의 왱왱거림이 곧 울려 퍼졌다. 법에 따르면,
페트로니유는 들것에 실려 구급차에 올라야 했다. 그
녀는 순순히 법에 따랐다.

나는 처음에는 그녀가 연극을 한다고 믿었다. 하지
만 우리가 구급차에 자리를 잡았을 때, 다시 말해 그녀
는 눕고 내가 그 곁에 앉았을 때, 나는 그녀가 정말 많

이 아프다는 것을 알아차렸다. 나는 나보다 천식이 훨씬 심한 사람을 만났던 것이다.

아카리아에서 파리까지는 여섯 시간이 걸렸다. 페트로니유는 서서히 호흡을 되찾았고, 혈색도 약간 돌아왔다. 구급대원들은 유능할 뿐만 아니라 자상하기까지 했다. 파리 20구에 도착하자, 그들은 페트로니유에게 병원으로 가고 싶은지, 아니면 집으로 가고 싶은지 물었다. 그녀는 집으로 가는 게 나을 것 같다고 말했다.

나는 그녀를 도와 승강기 없는 건물 6층까지 짐을 옮겼다. 짐을 풀자, 그녀가 소리쳤다.

「스키 안 타, 두 번 다시는.」

「왜, 지랄 맞아서?」

그녀는 내 질문을 무시하고 말했다.

「우리가 돌아왔다는 얘긴 아무한테도 하지 말자, 응? 12월 28일부터 1월 1일까지 파리에서 아무도 모르게 혼자 지내면 어떤 기분이 드는지 알고 싶어.」

「내가 알잖아, 네가 여기 있다는 거.」

「그래, 따라서 너한텐 날 돌볼 권리가 있어.」

그녀는 그걸 무슨 큰 특권이나 되는 것처럼 말했다.

그녀가 아주 심각한 천식 발작에서 막 벗어난 환자였기 때문에 나는 그냥 넘어갔다. 나는 그녀를 베르사유 궁전, 바가텔 성, 그리고 뤽상부르 공원으로 데리고 나가 천천히 산책을 했다. 우리는 찻집 앙젤리나에서 핫초코와 함께 몽블랑[26]을 먹었다. 내가 신경을 써줘서 고마웠는지 그녀는 이렇게 감사의 뜻을 전했다.

「너는 노인 돌보미를 하면 아주 잘하겠어.」

「너, 고마워하는 기색이 전혀 아닌데.」

12월 31일, 아무리 전화를 돌려 봐도 소용이 없었다. 어느 식당이나 빈자리는 그림자도 찾아볼 수 없었다. 나는 그녀 집이나 우리 집에서 삶은 달걀을 안주 삼아 샴페인이나 마시며 송년회를 하자고 제안했다. 그녀는 별로 달가워하지 않더니 이렇게 말했다. 「차라리 우리 부모님 집에 가는 건 어때?」

「진심이야?」

「뭐야, 싫은 거야?」

「아니! 공연히 폐만 끼칠까 봐 그러는 거지.」

그녀는 어깨를 으쓱하고는 부모님 집으로 전화를 해

26 *mont-blanc*. 휘핑 크림을 얹은 밤 크림.

보더니 말했다.

「아무 문제 없어. 네가 지부 사람들을 불편해하지만 않는다면.」

「지부?」

「앙토니 공산당 지부.」

그 낯선 용어를 접하고 나니 더 가보고 싶었다. 날이 저물 무렵, 페트로니유는 나를 수도권 고속 전철 B에 태웠다. 앙토니에 도착한 우리는 버스를 타고 깨끗하지만 활기라고는 찾아볼 수 없는 교외 지역을 가로질렀다. 부모님은 팡토 가의 할아버지가 1960년대에 손수 지은 작은 빌라에 거주하고 있었다.

50대로 장신에다 호남형인 피에르 팡토가 지부에서 나온 손님, 도미니크와 마리로즈라는 사람에게 나를 소개했다. 마리로즈는 스탈린을 숭배하는 늙은 염소로, 아주 뻣뻣했고 무서웠다. 섬세하고 예쁘게 생긴 부인 프랑수아즈 팡토가 놀라울 정도로 수줍어하며 손님들에게 대접을 했는데, 그 소심한 태도에 놀라는 사람은 나뿐이었다.

무슨 말을 하든, 목표는 오로지 마리로즈의 지지를

얻는 데 있는 것 같았다. 그녀가 다른 사람들보다 계급이 높은지는 알 수 없었지만, 마치 그녀가 진실을 쥐고 있는 것처럼 보였다. 도미니크가 감히 요즘 북한 사정이 그리 좋은 것 같진 않더라고 말하자, 그녀가 즉각 잘라 말했다.

「그래도 남한보다는 훨씬 나아요. 그리고 우리에게 중요한 건 바로 그거예요.」

피에르가 최근에 베를린을 여행한 얘기를 꺼내며 물가 폭등을 걱정했다. 마리로즈는 그가 계속 얘기를 이어 가게 내버려 두지 않았다.

「동독인들은 모두 잃어버린 행복을 그리워하고 있어요.」

「다행히도 우리에겐 쿠바가 남아 있잖아요!」 피에르가 말했다.

나는 침묵을 지켰다. 페트로니유는 그 분위기가 익숙한지 아무 반응도 보이지 않고 말린 소시지만 계속 집어 먹었다. 그의 아버지가 노래를 틀었다. 샹송에 대해서는 상상을 초월할 정도로 아는 게 없었던 내가 천진난만하게도 지금 흘러나오는 게 누구 노래냐고 물었다.

「장 페라[27]도 모르다니!」 마리로즈가 가시 돋친 목소리로 대답했다.

피에르가 맛좋은 그라브[28] 병을 땄다. 마침내 우리가 공통적으로 추구하는 가치의 등장! 포도주가 분위기를 누그러뜨렸다.

「오늘 우리 뭐 먹어요?」 페트로니유가 물었다.

「소고기 당근 스튜를 준비했단다.」 그녀의 아버지가 대답했다.

「아, 피에르의 소고기 당근 스튜는 정말 끝내주지.」 도미니크가 황홀해했다.

벨기에에는 알려지지 않은 그 프랑스 요리의 고전을 나는 큰 호기심을 느끼며 맛보았다.

「소고기 당근 스튜를 아직 한 번도 못 먹어 봤어요?」 깜짝 놀란 표정으로 피에르가 물었다.

「당신 도대체 어디서 왔어요?」 마리로즈가 나에게 물었다.

---

27 Jean Ferrat(1930~2010). 프랑스의 샹송 가수 겸 작곡가. 평생 공산당 노선에 충성함.
28 프랑스 남서부 지롱드 지방의 포도로 만든 포도주.

「전 벨기에 사람이에요.」 일체의 다른 정보는 경계심을 불러일으킬 거라고 생각한 내가 신중하게 밝혔다.

곧이어, 그들은 프랑스 국내 정치를 놓고 열변을 토하기 시작했다. 2002년은 재앙에 가까운 해였고, 2003년도 좋은 조짐이 전혀 안 보였다. 그들은 그들을 폭발 직전의 상태로 내모는 이런저런 사회적 변화들에 대해 평을 내놓았다. 피에르는 매번 잔뜩 화가 난 목소리로 이렇게 결론지었다.

「그게 다 미테랑 때문이야!」

그러면 좌중이 일제히 목청을 높여 동의했다.

자정이 다 되어 가는 시각에도 그들은 여전히 그러고 있었다. 프랑수아즈가 직접 만든 화려한 초콜릿 샤를로트를 내왔다. 나는 결코 무시할 수 없는 양을 먹었다.

「벨기에 사람들, 식욕이 왕성한 모양이네.」 좌중이 입을 모아 말했다.

나는 부인하지 않았다. 해가 넘어가는 것을 알리는 열두 번의 종소리가 울려 퍼졌을 때, 우리는 바롱 퓌엔테로 축배를 들었다.

「우리 집에서 귀족적인 건 이것뿐이오.」 피에르가 말

했다.[29]

바롱 퓌엔테는 자신을 잘 지켜 냈다. 샴페인은 수없이 많은 다른 효용 외에도 내 원기를 북돋아 주는 재능이 있다. 내가 무엇으로 힘을 얻어야 할지 모를 때조차 그 음료는 그것을 안다.

새벽 2시경, 나는 다락방의 낡은 소파에 쓰러져 곧바로 잠이 들었다.

몇 시간 후, 나는 페트로니유와 함께 파리행 고속 전철에 올랐다.

「괜찮아? 충격이 너무 크진 않았어?」 그녀가 나에게 물었다.

「아니. 왜?」

「지부 사람들이 한 말 때문에.」

「현실은 내 정신 나간 예상을 능가하더군.」

그녀가 한숨을 쉬며 말했다.

「난 아빠가 창피해.」

「그런 소리 마. 친절하고 호감이 가는 분이야.」

「그가 하는 말을 들었으면서도?」

29 바롱 퓌엔테는 〈퓌엔테 남작〉이라는 뜻.

「그게 뭐가 중요해? 그 거창한 말들은 전혀 위험하지 않아.」

「늘 위험하지 않았던 건 아냐.」

「그런데 위험하지 않게 돼버렸지.」

「아빠는 할아버지가 했던 말을 되뇌는 것으로 만족하고 있어.」

「거봐, 그건 그냥 순수한 충절이야. 그에게 현실은 중요하지 않아.」

「바로 그거야. 그런데 난 그것 때문에 많이 힘들었어. 예를 들어, 사유 재산을 사취라고 생각하기 때문에 아빠는 문을 한 번도 잠근 적이 없었어. 그래서 도둑들에게 집을 털린 적이 셀 수도 없이 많아. 정말 돌아 버리겠더라고.」

「이해해. 네 어머니는, 어머니도 아버지처럼 생각하셔?」

「그야 모르지. 엄마는 지적인 만큼 소심하셔. 공산당 원증을 갖고 있긴 하지만 기표소에서는 사회당을 찍는 것 같아.」

「아버지를 무서워하셔? 아버지가 난폭해 보이진 않

던데.」

「슬프게 만들고 싶지 않은 거야. 하지만 아빠와는 종이 달라. 엄마는 오페라를 빼놓고는 딱히 좋아하는 게 없어. 내 이름도 엄마가 지어 준 거야.」

「그럼 너의 그 무시무시한 문학적 교양은 어디서 온 거야?」

「내 개인적인 창조물이지. 아빠는 공산당 기관지『뤼마니테』아니면 그의 열정이라 할 수 있는 제1차 세계 대전에 관한 책들밖에 안 읽어. 엄마는 내가 〈달달하다〉고 칭하는 책들만 골라 읽고.」

「무슨 말인지 알겠어. 무척 외로웠겠구나!」

「너는 상상도 못 해.」

나는 고속 전철 B 창문을 통해 자그마한 빌라들이 오밀조밀 서 있는 그 교외 풍경을 훑어보았다. 세상에는 대부분 오래된 그 집들, 평화로운 그 거리들, 잘 가꿔진 그 정원들보다 객관적으로 더 못한 것들이 존재한다. 그런데 왜 그 풍경은 그토록 심원한 자살의 충동을 불러일으키는 걸까?

문득, 나는 순식간에 스쳐 지나간 한 빌라의 창문을

통해 페트로니유의 소녀 시절을 얼핏 본 것 같았다. 극좌파의 이상에는 찬동하지만, 뻔뻔할 정도로 추하기만 한 골동품, 충격적일 정도로 멍청한 독서, 다시 말해 프롤레타리아의 미학에 거부감을 느끼는, 부조리하게도 귀족적인 취향을 가진 소녀의 진정한 고통을.

나는 다시 페트로니유를 바라보았다. 붉은 고추를 닮은 눈을 가진 불량소년의 외모, 탈옥한 죄수 같은 근육질의 탄탄하고 작은 몸, 그리고 크리스토퍼 말로와 닮아 보이는 얼굴의 신기한 부드러움, 그녀는 양갓집 아가씨보다 백배 천배 나았다. 그녀도 말로처럼 〈나를 부양하는 것은 나를 파괴한다〉를 좌우명으로 삼을 수도 있었을 것이다. 그녀의 양식이 되어 준 위대한 문학은 주변 사람들이 그것을 이해하지 못한 만큼 그들 사이에 더욱더 깊은 골을 파놓음으로써 그녀를 외톨이로 만들어 놓은 것이기도 했다.

그녀의 부모는 그녀를 사랑했다. 하지만 그들은 그녀를 두려워했다. 섬세한 영혼을 가진 프랑수아즈는 딸의 소설에 탄복하고 때로는 이해하기도 했지만, 피에르는 아무것도 이해하지 못했고, 딸의 글이 어떤 점에서 『뤼마니테』에 실린 글보다 월등한지 보지 못했다.

나는 페트로니유에 대해 경탄의 감정이 솟구치는 것을 느꼈다. 그래서 그것을 그녀에게 말했다.

「고마워, 나의 새.」 그녀가 대답했다.

내가 털어놓지 않았는데도, 그녀는 내가 날개 달린 족속에 속한다고 선언했다. 그것은 그녀의 본능이 얼마나 정확한지 말해 준다. 열한 살 이후로 날개 달린 족속은 귀환 불가능한 지점까지 나를 사로잡고 있다. 새들을 너무 자주 관찰하다 보니 그들의 세계에서 내게로 뭔가가 전염된 것 같다. 정확하게 뭐가? 내가 언어의 도움을 받아 그것을 표현할 수 있을지는 의심스럽다.

열한 살이면 늦다고 이의를 제기하는 사람도 있을 것이다. 맞는 말이다. 하지만 기억이 닿는 데까지 거슬러 올라가 보면, 나는 그 이전에도 새의 알에 사로잡혔었고, 지금도 그러하다. 내 고착의 일관성은 누구도 부정할 수 없다. 아마도 그 11년은 포란 기간과 일치할 것이다. 나는 열한 살이 되어서야 알에서 깨어 나와 새가 되었다. 어떤 새? 정확하게 말하기는 힘들다. 극제비갈매기, 가마우지, 제비, 그리고 쇠물닭, 또한 말똥가리의 묘한 잡종쯤 되지 않을까? 내 책들은 내가 낳은 알들이라 할 수 있을 것이다.

새 종족이 자행하는 놀랍도록 야만적인 행동 중에 이것을 지적해 두자. 새들은 알 먹는 걸 너무나 좋아한다. 그것은 그들이 가장 좋아하는 먹이 중 하나다. 그것은 나한테서도 확인된다. 그들은 다른 새가 낳은 알을 선호한다. 나 역시 그렇다. 더 이상 내 알들을 돌볼 필요가 없어지면, 나도 남이 쓴 책을 읽는 게 더 좋다.

페트로니유는 2003년에 굉장한 소설, 『에쿠아도르의 묵시록*L'Apocalypse selon Ecuador*』을 출간했다. 악을 구현하는 소녀 에쿠아도르에 관한 이야기였는데, 그녀는 아주 특별한 방식으로 악행을 저질렀다. 사람들은 기뻐했다. 작가의 삶과 결부시키는 것이 불가능했던 이전의 두 책과는 달리, 이 책이 그들에게 그것을 허락해 준 만큼 더더욱. 「에쿠아도르는 어릴 적 당신이죠, 안 그래요?」 그녀는 부아가 치밀 정도로 상냥하고 능숙하게 답변을 피했다.

기자들은 자기 삶에 대해 전혀 단서를 내놓지 않는 페트로니유를 그리 좋아하지 않았다. 반면에 작가들은 그녀를 무척 마음에 들어 했다. 그들은 극히 문학적인 그녀의 기질과 그들의 책을 읽어 내는 그녀의 예리한 눈을 높이 평가했다. 그것에 대해서는 나도 좀 알았지만, 나만 그런 것은 결코 아니었다. 페트로니유는 카롤 잘베르그, 알랭 마방쿠, 피아 페테르센, 피에레트 플뢰시오[30]를 비롯해 많은 작가들과 깊은 우정을 맺었다.

그녀는 자신의 사랑에 대해서는 좀처럼 입을 열지 않았다. 그 어여쁜 불량소년은 곳곳에 불을 지르고 다녔지만, 나로서는 상세한 내막을 알 수 없었다. 그녀의 사인회에 가보면 매력적인 아가씨들이 적지 않았는데, 그렇다고 잘생긴 청년들이 없는 것도 아니었다. 그녀의 성적인 모호함이 사람들을 매료시켰다. 아주 재밌는 건 몇몇 아가씨가 나에게 조언을 구하러 왔다는 사실이다. 그 어린 아가씨들은 내 연민을 불러일으켰다. 술친구라는 내 지위로도 이미 힘들었기 때문에, 나는 페트로니유에게 푹 빠진 여자가 겪게 될 운명의 고단함을 감히 상상할 수 없었다. 그래서 나는 이렇게 말해 주곤 했다. 「있잖아요, 팡토 양은 정말 알 수 없는 사람이에요.」

30 모두 실존하는 작가들임.

내 나름 신중을 기하긴 했지만, 이 답변도 여전히 위험천만했던 모양이었다. 실제로, 충분히 예측 가능한 재난이(순간적인 관계, 즉각적인 결별) 닥친 후에 버림받은 아가씨들이 실연을 내 탓으로 돌리며 원망한다는 소문이 내 귀에 들려왔다.

나도 감히 화를 좀 내야겠다. 내가 질투보다 더 싫어하는 것이 있다면, 그것은 경솔한 언동이다. 퇴짜 맞은 아가씨들의 태도에도 논리가 없진 않았지만 — 자신이 역부족이었다는 걸 받아들이는 것보다는 사악한 공작에 넘어갔다고 생각하는 편이 자존심이 덜 상할 테니까 — 나로서는 도저히 받아들일 수 없는 것이었다. 이미 나의 사랑 문제들도 이해하기가 너무 힘들었던 터에 다른 사람들의 사랑까지 떠맡을 수는 없는 노릇이었다.

게다가 잘 알진 못하지만 내가 아는 페트로니유의 품행에 따르면, 그녀의 행동에 놀랄 이유는 조금도 없었다. 그녀는 자신의 폭발적인 성격이 안도라[31] 출신인 조상들의 피에서 온 것 같다고 자기 입으로 말했다. 만약 그녀가 그토록 가지고 싶어 하던, 단추를 누르면 칼

31 피레네 산맥 동부에 위치한 공국.

날이 튀어나오는 잭나이프를 가졌다면, 그녀는 의심의 여지 없이 그것을 자주 사용했을 것이다. 아무것도 아닌 일로도 버럭 화를 냈으니까. 그녀가 나로서는 알 수 없는 이유 때문에 화가 나 가버리려고 할 때면, 나는 유머로 그녀를 붙들려고 애썼고, 가끔은 성공하기도 했다. 내 방법 중 하나는 이렇게 말하는 것이었다. 「너, 영화 〈택시 드라이버〉에서 거울 앞에 선 로버트 드니로하고 엄청 닮았어!」

이 말이 먹히면, 그녀는 즉시 로버트 드니로가 되어 영화 억양으로 이렇게 말했다. *You talking to me?* 하지만 이 말조차 먹히지 않으면, 갱단의 보스처럼 화를 삭이지 못해 안절부절못했다.

「너 그러다 결국에는 너 자신을 영화 〈미스터 갱스터〉의 리노 벤투라로 착각하겠어.」 내 마지막 대응책은 이런 것이었다. 리노 벤투라라는 이름은 조커처럼 작용했다.

「아빠!」 그녀는 이렇게 소리쳤다.

벤투라는 그녀가 꿈꾸는 아버지였다. 그가 출연하는 영화가 텔레비전에 방영되면, 페트로니유는 함께 보자며 나를 자기 집으로 초대했다. 텔레비전 화면에 그가 등장하면, 그녀는 망아지경에 빠져들었다.

「넌 왠지 가족 같은 분위기, 안 느껴져?」

「뭔가 있긴 있는 것 같아.」

「그는 내 아버지야, 난 확신해.」

프랑수아즈 팡토가 1970년대 중반에 유명한 남자 배우와 잤을 확률은 20퍼센트 이하다. 어차피 페트로니유가 이상적인 아버지상을 직접 골랐다면 벤투라보다 더 못한 놈을 고르고도 남았겠지만.

나는 2005년에 『황산』을 출간했다. 내 소설 중에 적대적인 반응을 불러일으킨 것은 여태까지 이 책이 유일하다. 사람들은 몇몇 리얼리티 방송 프로그램의 야만성을 집단 수용소와 비교했다며 나를 비난했다. 공격은 정당하지 못했다. 가까운 미래를 무대로 하는 내 소설은 결코 어느 누구를 파시스트로 규정하려 든 것은 아니었다. 그것은 허구의 세계였다. 그리고 그것이 결국 사태를 진정시켰다.

　그럼에도 내가 힘들었다고 할 순 없어도 적어도 아주 조심스러웠던 시기를 보낸 것은 사실이다. 샴페인은 나의 위성이 되어 버린 페트로니유와 더불어 나의 소중한 우군이었다.

페트로니유도 그때 그녀의 소설 중에 가장 환희에 찬 『신경질적인 여자들*Les Coriaces*』을 출간했다. 할리우드의 걸작 「제인의 말로What Ever Happened to Baby Jane?」를 자신의 버전으로 바꾼 것이었다. 그녀는 매체들이 그녀의 책에 대해 충분히 얘기하지 않는다고 투덜거렸는데, 사실 그랬다. 우리는 서로의 마음을 달래 주며 술잔을 비웠다.

어느 날, 그녀가 나에게 버럭 화를 냈다. 「넌 아무것도 몰라! 내가 네 입장이라면 얼씨구나 하겠어!」

「욕 얻어먹는 게 기분 좋을 것 같아?」

「그럼, 무시당하는 건 쉬울 거라고 생각해?」

「과장하지 마. 네 책이 전혀 주목받지 못하는 건 아니잖아.」

「그만해, 제발. 네 그 알량한 아량은 참아 낼 수가 없으니까. 네 책은 딱 거기까지라고 당장 말하지그래.」

「품지도 않은 의도에 대한 비난. 난 한 번도 그런 말한 적 없어. 그 이유? 그렇게 생각하지 않으니까.」

「그럼 네 처지에 대해 그만 징징거려. 너는 한탄할 게 없어.」

「징징거리는 게 아냐, 단지 약간 불만스럽다는 거지.」

「팔자 편한 소리!」

이 말다툼은 우리를 그녀의 소설에 등장하는 인물들처럼 보이게 했다. 더 젊기는 해도, 우리는 그녀가 소설에서 묘사하는 그 성깔 더러운 여자 술꾼들과 닮아 있었다. 작가는 미래를 즉각적으로 예언하는 성격에 의해 식별된다. 내 『황산』이 리얼리티 방송의 변천을 통해 현실로 드러났는지는 모르겠지만, 그녀의 『신경질적인 여자들』은 그 가을날의 말다툼으로 실현되었다. 이는 페트로니유 팡토가 진정한 작가라는 것을 증명했다. 꼭 그래야 했다면 말이다.

그해가 저물어 갈 무렵, 나는 자동 응답기에서 이 메시지를 발견했다. 「나의 새, 네가 가진 최고의 샴페인을 준비해 둬. 내일 오후 6시에 너희 집으로 갈게. 너한테 직접 전할 소식이 있어.」

나는 즉시 1976년산 동 페리뇽을 얼음에 재어 두었다. 그녀는 나에게 무슨 말을 하려는 걸까? 그사이에 누군가를 만난 걸까? 사랑에 빠진 걸까?

그녀는 첫 모금을 아주 맛있게 마시고는 그 맛이 많이 그리울 거라고 말했다.

「술 끊을 거야?」 내가 몹시 불안해하며 물었다.

「어떻게 보면. 나 떠나.」

「어디로?」

그녀가 드넓은 영토를 쓸어 버리는 듯한 모호한 몸짓을 했다.

「나, 걸어서 사하라 사막을 횡단할 거야.」

누구든 다른 사람의 입에서 그 말이 나왔다면 나는 그냥 웃어넘겼을 것이다. 하지만 페트로니유는 절대 허튼소리를 하는 부류가 아니었다. 나는 그녀가 정말 그 미친 짓을 실행에 옮기리라는 것을 알았다.

「……왜?」 내가 더듬거리며 물었다.

「그래야 하니까. 여기 더 있다간 소위 문인이라는 사람들이 벌이는 비열한 짓거리가 나한테 옮을 것 같아.」

「그건 피할 수 있어. 봐, 난 안 그러잖아.」

「너는 정상이 아니니까. 단언컨대, 나한테는 그게 필요해. 난 고루한 사람이 되고 싶지 않아.」

「고루하다고? 네가? 그건 불가능해.」

「난 막 서른 고개를 넘었어.」

전혀 그렇게 보이지 않았다. 그녀는 내가 그녀를 열다섯 살 정도로 봤던 첫 만남 때보다 거의 나이 들어 보이지 않았다. 말하자면, 열일곱 살처럼 보였다.

「얼마 동안 떠나 있을 거야?」

「그야 모르지.」

「돌아오긴 할 거야?」

「응.」

「확실해?」

그녀는 대답 삼아 가방에서 꾸러미 하나를 꺼내 나에게 내밀었다.

「내 새 원고를 너한테 맡길게. 나한테는 중요한 거야. 출판사들은 이제 꼴도 보기 싫어. 네가 읽어 보고 출간할 만한 가치가 있다고 생각되면, 부탁인데, 좀 알아서 해줘. 그리고 이걸 내가 돌아올 거라는 증거로 여겨 줘.」

나는 세계 최고의 샴페인을 힘겹게 한 모금 넘겼다.

「날 따라가겠다고 나서지 않아 줘서 고마워.」 그녀가 말했다.

「나도 너랑 같아. 나도 하지 않을 것들은 절대 입 밖에 내뱉지 않아. 사하라 사막 도보 횡단, 분명 멋진 일이긴 하지만 날 위한 게 아냐. 언제 떠나?」

「내일.」

「뭐라고?」

「그래야 해. 안 그러면 나도 문인들이 하는 짓을 따라 하게 될 거야. 네가 내 원고를 어떻게 생각하는지 궁금해할 거라고.」

「오늘 밤에 다 읽을 수도 있어.」

「아니. 너는 내가 알아. 넌 절대 취한 상태에서는 안 읽어.」

「내가 취할 거라는 건 어떻게 알아?」 잔을 입으로 가져가며 내가 물었다.

그녀가 건강미 넘치는 그 멋진 웃음을 보여 주었다.

「보고 싶을 거야.」 내가 말했다.

내 턱이 부들부들 떨려 왔다.

「센티멘털하기는!」 천장을 올려다보며 그녀가 소리쳤다.

아닌 게 아니라, 나는 친구가 다시 만날 기약 없이 떠

날 때 눈물을 흘리는 종족에 속한다. 이별의 경험이 아주 풍부한 나는 그 위험을 누구보다도 잘 알고 있다. 언젠가 다시 만나자고 약속하며 누군가와 헤어지는 것, 그것은 아주 심각한 것들을 예고한다. 가장 잦은 경우는 문제의 친구를 두 번 다시 못 보는 것이다. 하지만 그게 최악의 경우는 아니다. 최악은 그 친구를 다시 보긴 하는데, 실제로 많이 변해서든, 아니면 그에게서 믿을 수 없을 정도로 마음에 안 드는 면모를 발견해서든, 그 친구를 못 알아보는 경우다. 원래 있었겠지만, 너무나 신비스럽고 위험하기 짝이 없는 이상한 사랑의 형태, 즉 우정의 이름으로 외면할 수 있었던 면모 말이다.

위대한 감정들은 연료를 필요로 한다. 그래서 나는 두 번째 병을 따야만 했다. 내가 점점 꼴불견으로 변해가리라는 것을 알았을 때, 나는 페트로니유를 밖으로 내쫓았다.

나는 어둠 속에서 멀어져 가는 작고 가냘픈 그림자를 창문으로 바라보았다. 눈물이 내 뺨 위로 흘러내렸다.

「너 없이 나 혼자 어떡하라고, 이 원숭이 같은 계집애야!」 내가 어둠을 향해 소리쳤다.

나는 침대에 가서 쓰러졌다. 거의 죽은 사람이 되어.

다음 날 아침, 글쓰기를 마친 나는 페트로니유가 남기고 간 꾸러미를 풀었고, 원고의 제목을 보았다. 『내 힘이 안 느껴져*Je ne sens pas ma force*』. 나는 속으로 생각했다. 〈정말이지 그건 그래.〉 나는 그 원고를 단숨에 읽어 버렸다. 그 원고에 대해선 아무 말도 하지 않으련다. 〈무시무시하다〉라는 형용사를 붙일 만한 텍스트가 있다면, 그 원고가 바로 그랬다는 것만 빼놓고.

페트로니유 대신 내가 그 소설을 출판사들에 소개해야 할 텐데, 그것은 결코 쉬운 일이 아닐 터였다. 〈못 말리는 페트로니유! 떠난 지 얼마 안 됐는데, 벌써 여기 있을 때보다 더 골치가 아프네!〉

나는 세상 무슨 일이 있어도 약속은 꼭 지키는 사람이다. 나는 그날 오후 당장 원고를 복사해 여러 출판사에 발송하며 내 이름과 주소를 남겼다. 그 결과는 프랑스 출판계의 영광인 동시에 수치였다. 내 이름이 일을 빨리 진행시킨 것은 어찌 보면 당연한 일이었다. 반면에 모든 출판사가 그처럼 아름답고 위험천만한 텍스트를 거부한 것은 부끄러운 일이었다. 하지만 그들 중 어느 누구도 그 원고를 내가 쓴 것으로 여기지는 않았다는 점을 지적해 두자. 이것은 놀라운 동시에 마음이 놓이는 사실, 이 도시 사람들이 아직은 읽을 줄 안다는 사실을 증명한다.

그렇다고 해서 손을 놓아? 나는 그런 사람이 아니다. 우편 발송이 좋은 결과를 가져다주지 못했기 때문에, 나는 원고를 바리바리 싸들고 직접 출판사들을 돌아다닐 참이었다. 내가 직접 나섰다는 것이 내 확신의 깊이를 표현해 줄 테니까.

행동 개시. 약속들이 줄줄이 잡혔다. 사람들은 깜짝 놀란 표정으로 나를 맞았다. 알뱅 미셸에 대한 나의 일편단심은 율리시스에 대한 페넬로페의 마음에 버금가는 것으로 알려져 있으니까. 나는 서둘러 내 책 때문에 방문한 것이 아니라고 밝힘으로써 그들을 실망시켰다.

「많은 작가들을 위해 이렇게 하세요?」 그들이 나에게 물었다.

「이번이 처음이고, 단 한 번으로 남을 거예요.」

나는 그들의 판결을 기다려야만 했다.

부차적으로, 나 역시 작가이고 인간이었다. 그래서 계속 글을 썼고 살았다.

가장 어려운 것은 다른 술친구를 구하는 일이었다. 그런데 지지리 운이 없게도, 그토록 우아하게 술을 마시던 사람 좋은 테오도라가 하필이면 그 순간을 택해 타이완으로 떠나 버렸다. 나에게도 2006년은 그해가 페트로니유에게 의미했던 것, 즉 사막 횡단이었다.

어쨌거나 나를 통해 페트로니유의 원고가 겪은 거절들은 나를 점점 더 슬프게 했다. 심지어 나한테 이런 문자를 보낸 젊고 싹싹한 여자 편집인도 있었다.

「팡토를 위해 너무 애쓰지 마세요. 문학계에서 프롤레타리아는 성공할 가능성이 전혀 없다는 거 잘 아시잖아요.」

나라면 그따위 발언은 상상조차 할 수 없었을 것이다. 나는 할 말을 잃고 멍하니 있었다. 내가 그 말을 여기에 옮기는 것은 2006년 파리에서 이런 문자가 더없이 진지한 어조로 나에게 전달되었다는 사실을 감출 수 없기 때문이다. 이를 두고 갑론을박하는 것은 다른 사람들의 몫으로 남기련다.

나는 사기가 떨어지면 이렇게 생각하며 기운을 차렸다. 〈어떤 출판사가 이 원고를 출간하겠다며 저자를 찾는다고 상상해 봐. 그러면 넌 페트로니유 팡토가 언제 돌아오겠다는 기약도 없이 사하라 사막으로 떠나 버렸다고 말해야 할 거야. 그러면 계약은 미뤄질 거고, 그리고 곧 잊히겠지. 따라서 그렇게 이를 갈 것까진 없잖아, 안 그래? 차라리 이게 나아.〉

나에게도 지켜야 하는 나 자신의 소설들이 있었다. 내 이탈리아 출판사가 사인회를 부탁해서 나는 한창 카니발이 열리고 있는 베네치아로 갔다. 나는 그냥 내 작업복을 입고 다녔는데, 거리에서 만난 사람들이 나에게 변장을 잘했다고 칭찬을 해주었다. 내 모자를 둘러싸고 논란이 벌어졌는데, 프랑스인들은 프랑스 혁명기에 선서를 거부한 사제의 모자라고 했고, 이탈리아인들은 페스트가 창궐했을 당시 의사의 모자라고 했다.

가을, 나는 야생 거위들의 이주를 관찰했다. 〈페트로니유, 넌 도대체 언제 돌아올 거니?〉 물론 나는 아무 소식도 받지 못했다. 어쩌면 그녀가 죽었을지도. 동시에, 내가 아직 그녀의 책을 내줄 출판사를 찾지 못했기 때문에 그녀가 여기 없는 게 차라리 다행이라는 생각도 들었다.

나는 랭보가 사라지기 전날 쓴 글을 읽어 보았다. 〈나는 돌아올 것이다. 쇠처럼 단단한 사지, 검게 탄 피부, 분노로 이글거리는 눈을 가지고. 사람들은 가면 같은 내 얼굴을 보고 날 강한 종족이라 판단할 것이다. 나는 금을 가질 것이다. 나는 한가롭고 거칠 것이다.〉

이 찬란한 말들이 신기하게도 내 안에서 울려 퍼졌다. 나도 언젠가 페트로니유를 다시 보게 될까? 보게 된다면, 어떤 상태로?

11월, 나는 파리에 막 정착한 젊은 나타나엘이라는 술친구다운 술친구를 발견했다. 그녀는 백 퍼센트 신뢰할 수 있는 아가씨였다. 그것은 술친구라는 역할에 가장 중요한 특징이었다. 샴페인을 여러 잔 비우다 보면 반드시 비밀을 털어놓게 된다. 신뢰란 정의상 절대적인 것이다. 따라서 신뢰할 수 있는 사람의 수는 언제나 손가락으로 꼽을 정도다.

술친구의 중요한 특징 중 두 번째는 혼자 지껄여 대지 않는 것이다. 안 그러면 혼자 술을 마시는 기분이 든

다. 피하고자 하는 게 바로 그건데도.

기대되는 세 번째 특징은 즐겁게 술을 마시는 것이다. 술자리의 목표는 아픔을 함께 나누는 것이 아니다. 나타나엘은 이상적인 술친구로 밝혀졌다. 다른 모든 분야에 있어서도 그렇지만 여기서도 중요한 건 누군가를 대신하는 것이 아니었다. 어느 누구도 다른 사람을 대신할 수는 없다. 하지만 내 삶이 더 가벼워진 건 사실이었다.

출간의 저주는 2006년으로 막을 내렸다. 2007년 1월 말, 나는 파야르 출판사로부터 페트로니유의 원고에 대해 긍정적인 답변을 받았다. 내 기쁨은 알뱅 미셸이 내 첫 소설을 받아 줬을 때보다 더 컸다. 〈저자만 짠 하고 나타나면 모든 게 완벽할 텐데.〉 나는 이렇게 생각했다.

파야르 측에서 팡토 양을 만나고 싶어 한다는 것이 편지에 명기되어 있었기 때문에, 나는 페트로니유와 아주 흡사하게 생긴 여배우를 고용할 작정을 하고 있었다. 그런데 그때 전화벨이 울렸다.

「나야, 페트로니유.」

「페트로! 지금 사막에서 전화하는 거야?」

「아니, 나 지금 몽파르나스 역에 있어. 나 좀 데리러 와 줘, 여기가 어떻게 돌아가는지 잊어버렸어.」

나는 환생한 아라비아의 로런스와 맞닥뜨릴 것을 기대하며 역으로 달려갔다. 내 눈에 들어온 건 짙은 밤색 피부, 열에 들뜬 눈, 야윈 몸뿐이었지만 나는 그녀를 알아보았다.

「안녕, 나의 새.」

「어디로 갈래? 네 집?」

「나도 모르겠어. 내가 어디 살아?」

택시를 잡아타고 파리 20구로 가는 동안, 나는 그녀에게 얘기를 해보라고 재촉했다. 그녀는 거의 아무 말도 하지 않았다.

「오늘이 1월 31일이야. 그러니까 네가 1년 넘게 떠나 있었던 거야. 사하라 사막 도보 횡단은 좋았어?」

「그 이상, 그 이상이었어!」

나에게 복사해 놓은 그녀의 집 열쇠가 있어서 다행이었다. 왜냐하면 그녀는 더 이상 집 열쇠를 갖고 있지 않았으니까. 그녀가 깜짝 놀란 눈으로 자기 아파트를 둘러보았다.

「하늘을 올려다보며 자지 않는 게 이상할 것 같아.」

관리인이 문 아래로 밀어 넣은 각종 청구서와 우편물이 바닥에 쌓여 있었다. 페트로니유가 그것들을 주워서는 몽땅 쓰레기통에 버렸다. 내가 끼어들었다.

「세금들도?」

「난 2006년에 프랑스에 있지 않았어. 세금 안 내는 게 불만이면 감옥에 처넣으라지 뭐. 나 배고파. 이 나라에서는 뭐 먹고 살아?」

나는 그녀를 근처의 비스트로로 데려가 환경에 다시 적응하라는 의미로 렌틸 콩을 곁들인 돼지고기를 시켜주었다. 그런 다음, 그녀에게 중요한 소식을 알려 주었다.

「네 원고를 출간해 줄 출판사를 찾아냈어.」

「그래?」 마치 그것이 더없이 정상적인 일이라도 되는 것처럼 그녀가 대답했다.

그것이 얼마나 어려운 일이었는지 잘 아는 나로서는 그녀의 반응이 약간 불만스러웠다. 그녀 대신 겪은 굴욕을 얘기해 주고 싶었다. 하지만 곧 포기했다. 너무 추했으니까. 혐오감을 느낀 그녀가 곧바로 사하라 사막으로 되돌아갈 위험도 있었다.

최악은 내가 그녀를 이해한다는 점이었다. 그녀의 원고가 출판사를 찾은 것은 아닌 게 아니라 더없이 정상적인 일이었다.

「그런데 내 원고가 어떤 거였지?」

「내 힘이 안 느껴져.」

「내 힘이 안 느껴져? 정말이지 그건 그래.」

「다시 읽어 봐야 할 거야. 파야르가 널 만나 보고 싶어 하니까.」

「바쁠 거 없어.」

「바빠. 내가 너 대신 2월 6일에 약속을 잡았거든.」

　그것은 사실이 아니었다. 하지만 그녀의 초연한 태도가 슬슬 내 신경을 건드리기 시작했다.

　음식이 나왔다. 페트로니유가 렌틸 콩을 손으로 집어 먹기 시작했다.

「아무리 그래도 그건 너무 심하잖아.」 내가 말했다.

「투아레그족[32]은······.」 그녀가 넋이 나간 표정으로 대답했다.

「물론 그렇겠지. 하지만 2월 6일에 기적이 일어나 출

---

32 사하라 사막의 유목 민족 중 하나.

판사에서 널 점심 식사에 초대하면 그때는 절대 그렇게 먹어선 안 돼.」

그날 오후, 그녀가 바닥에서 자겠다고 고집을 부렸지만 나는 억지로 그녀를 침대에 눕혔다. 그러고는 파야르에게 전화를 걸어 2월 6일로 약속을 잡았다.

그날 이후 며칠 동안 나는 페트로니유가 약속 장소에 나가 모든 걸 망쳐 놓을 수도 있다는 생각에 숨도 제대로 못 쉬고 지냈다.

2월 6일 저녁, 그녀가 날 안심시키기 위해 전화를 걸어 출판사에 아주 좋은 인상을 심어 줬다고 말했다. 그 말이 무엇이든 의미할 수 있었기 때문에, 나는 그녀에게 계약서에 서명을 했느냐고 물었다.

「도대체 날 뭘로 보는 거야? 물론이지. 내 책도 여름 바캉스가 끝나는 시기에 맞춰 출간될 거야, 네 책처럼.」

나는 즉시 축하 샴페인을 마시자고 그녀를 초대했고, 투아레그족도 그녀가 샴페인을 싫어하게 만드는 데에는 성공하지 못했다는 사실을 확인하고는 시름을 덜었다.

사막은 페트로니유의 삶에 있어서 어둠의 지대로 남아야만 했다. 내가 그 일에 대해 말을 시켜 보려고 할 때마다 그녀는 교묘하게 피했다. 어느 날, 내가 그녀에게 도발을 했다.

「넌 사하라 사막에 간 적이 없어. 넌 13개월 동안 팔라바레플로[33]에 숨어 지냈던 거야.」

「만약 그랬다면, 난 사막 얘기로 너를 들볶았을 거야.」

어느 날 저녁, 우리가 훌륭한 동뤼나르 블랑 드 블랑 두 번째 병을 땄을 때, 그녀가 그 후로는 잠을 통 못 잤다고 털어놓았다.

33 프랑스 남부 몽펠리에 인근의 해안 도시.

「사하라 사막에서 돌아온 후로 그래. 이 도시의 소란을 더 이상 못 견디겠어.」 그녀가 말했다.

「네가 사는 동네는 크게 안 시끄럽잖아.」

「시끄러워, 사하라 사막에 비하면. 너는 그곳의 고요가 어떤 건지 몰라서 그래. 사막에 있을 때 무엇보다 좋았던 건 밤이었어. 난 투아레그족 마을에서 가능한 한 멀리 떨어진 곳에 텐트를 쳤어. 그 고요에 귀를 기울여 본 적이 없으면 그게 어떤 건지 몰라.」

「무섭지는 않아?」

「정반대야. 그보다 더 마음을 평온하게 해주는 건 없어. 난 마치 죽은 사람처럼 잠을 잤어. 그러다 가끔 볼일을 보러 일어나곤 했지. 모래가 너무 희고 빛나서 마치 눈 위를 걷는 것 같은 느낌이 들었어. 고개를 들면 믿을 수 없는 하늘이 펼쳐졌어. 수십만 년 전의 성좌들처럼 더 크고 밝은 셀 수없이 많은 별들이 반짝였지. 난 행복에 겨워 눈물을 흘렸던 것 같아.」

「뱀도 없고?」

「한 번도 못 봤어. 아침이면 난 대상(隊商)과 합류했어. 그 사람들은 빵을 모래에 묻어 구워 냈어. 완벽했지. 내가 뭐하러 여기로 돌아왔는지 모르겠어.」

「나랑 샴페인 마시려고.」

「끝내주는 일이네.」

「그래. 그러니까 붙들어야지.」

말은 하진 않았지만, 그녀는 『내 힘이 안 느껴져』의 출간을 기뻐하는 게 분명했다. 그 소설은 행복한 소수의 찬탄을 받았다. 내 아버지도 그 행복한 소수 중 하나였다.

「니체가 부활한 것 같구나. 저자가 누구라고?」 그가 나에게 물었다.

나는 잠시 생각해 본 후에 뼛속까지 무장한 반란군들과 잡담을 나눴고, 마오쩌둥과 함께 차를 마셨던 파트리크 노통브라면 페트로니유를 만날 만한 깜냥이 된다고 결론지었다.

내 부모는 점심이나 같이 먹자며 브뤼셀로 우리를 초대했다. 제목을 바꾸지 않고는 못 배기는 엄마는 손님을 맞으며 『힘이 당신과 함께 하기를』의 출간을 축하한다고 말했다.

「엄마, 읽어 보기는 했어?」 내가 소토보체[34]로 물어

보았다.

「그래. 무슨 말을 하는지 알아먹을 수는 없었지만 아주 아름답더구나.」

그사이, 내 아버지는 위엄이 넘쳐 나는 잘난 체를 하며 페트로니유에게 어떤 점에서 그녀의 책이 걸작인지를 설명했다. 그녀는 깊은 인상을 받은 기색이 역력했다. 내가 한 번도 본 적이 없는 표정을 짓고 있었으니까.

식탁에서 엄마가 그녀의 어린 시절에 대해 물었다.

프랑스에 대해서는 TV 뉴스에서 보고 들은 것밖에 모르는 내 부모는 공포에 질린 표정으로 그녀를 쳐다보았다. 페트로니유는 그들이 자신을 파리 교외 임대 주택 단지에서 자란 계집아이로 여긴다고 느끼는 게 분명했지만, 오해를 불식시키기 위해 아무것도 하지 않았다.

나도 한몫 거들었다.

「자동차에 자주 불을 질렀어?」

「열세 살 이후로는 전혀.」

「다른 걸로 넘어간 거야?」

「우리 패거리가 크랙[35]에 손을 댔거든. 그래서 난 그

34 *sotto voce.* 달콤하고 여린 소리로.

들과 거리를 두었고, 셰익스피어를 읽기 시작했지.」

작가에 대한 내 부모의 찬탄은 절정에 달했다.

돌아오는 기차 안에서 내가 웃음을 터뜨렸다.

「그 코미디는 대체 뭐였어?」

「너는 이해 못 해. 네 아버지 기대가 너무 심했어. 그
래서 맞춰 주려고 그랬던 거야.」

「잘했어. 내 의견을 말하자면, 넌 있는 그대로도 참
대단하다는 생각이 들지만.」

「너희 엄마 좀 특별하지 않아?」

「신경 쓰지 마. 가장 많이 읽힌 내 소설 제목이『외침
과 속삭임』인 줄 아니까.」

나는 그녀가 다음 책에서 사막을 다룰 거라고 확신
했다. 내 판단이 틀렸다. 2009년 초,『배고픔을 사랑하
라Aimer le ventre vide』가 출간되었다. 20세기 초에 미
국 남부에서 유산을 노리고 부잣집 아가씨를 유혹하는
한 남자에 관한 이야기였다.

이 모험 소설은 대단한 성공을 거뒀다. 문학 방송에

35 crack. 코카인에서 추출해 농축한 마약의 일종.

출연한 페트로니유가 자크 슈섹스의 관심을 끌었다. 그 위대한 스위스 작가는 그 인간 다이너마이트에게 호기심을 느꼈고, 그만이 쓸 수 있는 놀라운 편지를 그녀에게 보냈다.

친애하는 페트로니유 팡토,

당신의 소설이 내가 본 것을 그대로 확인해 주는 구려.

당신은 어린애고, 그리고 식인귀요.

당신은 앞으로 내 미치광이 중 하나가 될 거요.

자크 슈섹스

그의 정확한 안목에 나는 큰 충격을 받았다. 그 식인귀 전문가가 그녀를 식인귀로 정의했다면,[36] 그것은 경고의 가치를 지니고 있었다.

「너랑 시간을 보내다 보면 너한테 잡아먹히는 느낌이 들어. 그의 말이 맞아.」내가 말했다.

「그래도 싫은 표정은 아니네. 그런데 그 사람, 왜 날

---

36 자크 슈섹스는 1973년 소설 『식인귀 *L'Ogre*』로 공쿠르상을 수상했다.

어린애라고 하지?」

「직접 물어봐.」

조심스러운 주제였다. 우리는 서른네 살이나 먹은 사람한테 열여덟 살로 보인다고 말할 권리가 없다.

그녀가 슈섹스에게 그 질문을 했는지는 모르겠지만, 그들의 서신 왕래가 잦아졌다. 그해 가을 그 스위스 작가가 세상을 떴을 때, 페트로니유는 아버지를 잃은 딸처럼 엄정하게 상을 치렀다.

한쪽만 퉁퉁 부은 그녀의 얼굴을 봤을 때, 나는 그녀가 너무 울어서 그렇게 됐다고는 믿을 수 없었다.

「뭐야, 성형 수술이라도 받은 거야? 네 영원한 젊음의 비밀이 그거였어?」

「아니.」

「도대체 무슨 일이야? 어서 털어놔 봐.」

「신약 생동성 시험 알바하고 있어.」

「정말? 왜?」

「돈을 벌어야 하니까.」

「그거, 합법적인 거야?」

「그다지.」

「미쳤구나, 페트로!」

「생각해 봐, 내 인세로는 밀려드는 청구서들을 지불할 수 없어.」

「거울을 보기는 한 거야? 얼굴 반쪽이 마치 보그다노프 형제[37] 중 하나 같아.」

「괜찮아질 거야.」

「확실해?」

「응. 브롬보라마제라는 약인데, 위장병을 치료한대.」

「내 얼굴이 그 지경이면 없던 위장병도 당장 생기겠다!」

「너는 팔자 좋은 여자잖아. 그래도 지난주에 날 못 봐서 다행이야. 가스칼진 30H를 먹어 봤는데, 동맥 순환을 원활하게 해주는 약이래.」

「어땠는데?」

「눈을 뜰 수가 없었어. 눈 주변이 너무 부어서. 과장이 아냐. 이틀 동안 기술적으로 완전 장님이었거든.」

「제약 회사가 초과 근무 수당을 지불했기를 바라.」

---

37 프랑스 쌍둥이 형제. 텔레비전 방송 「X 시대」의 사회를 본 방송인으로, 독특한 외모 때문에 SF 드라마나 영화에 자주 출연했다.

「단지 몸만 그랬다면 그래도 괜찮아.」

「무슨 말인지 모르겠어.」

「부작용이 뇌를 공격하면, 그때는 덜 웃겨. 한 달 전에 산후 우울증을 치료하는 약을 먹어 봤는데, 그게 왜 효과적인지 나중에야 이해했어. 최근 기억이 백 퍼센트 지워져 버렸거든. 상상해 봐, 막 출산한 산모가 자신이 임신했다는 사실조차 기억을 못 하는 거야. 아기를 보고는, 이게 뭐지? 하고 묻게 되는 거지.」

「그럼 너는, 너는 어땠어?」

「사막에서 돌아온 이후의 일들이 전혀 기억나질 않았어. 기억 상실이 며칠 동안 지속됐어.」

「페트로니유, 그런 위험천만한 일은 제발 그만둬.」

「그럼 어떻게 먹고 살아?」

「돈은 내가 대줄 수 있어.」

「어디 어떻게 된 거 아냐? 난 자유로운 여자야.」

평상시 같으면 나는 아마 이 말을 듣고 깔깔대며 웃었을 것이다. 그런데 그때는 가슴이 미어졌다. 그 미친 계집아이를 혼자 알아서 하게 내버려 둘 수 있었을까?

「후유증이 남을까 봐 겁이 난 적 없었어?」 내가 물

었다.

「나는 아주 용감한 사람이야.」

「그래, 용감하긴 하지, 정신 나간 짓을 할 정도로.」

「게다가 재밌기도 해. 어떤 일이 벌어질지 도무지 감을 잡을 수가 없어서 수습 마법사가 된 것 같은 기분이 들기도 하거든.」

「넌 그런 거 하면서 놀 필요가 없어. 『배고픔을 사랑하라』가 잘 팔리고 있으니까.」

「인세는 내년에나 만질 수 있어. 너도 잘 알잖아.」

「미리 좀 당겨서 달라고 해. 네 출판사가 기꺼이 해 줄 거야.」

「나도 자존심이 있어.」

「자존심은 그런 데 쓰라고 있는 게 아냐.」

「나 좀 가만히 내버려 둬, 나의 새. 네가 뭔데 나한테 이래라저래라 난리야? 인세 탈탈 털어 샴페인이나 마시는 주제에!」

「너도 내가 탈탈 털어 마시는 걸 돕는 처지니, 그것에 대해 불평할 권리는 없어. 그건 그렇고, 그 약들 복용하면서 술 마셔도 괜찮은 거야?」

「그냥 내버려 두란 말이야.」

그날 이후로 나는 불안 속에서 나날을 보냈다. 나는 매일 페트로니유에게 전화를 걸기 시작했다. 나는 사랑하는 사람들한테 엄마 닭처럼 구는 측면이 있는데, 그건 나도 어쩔 수가 없다. 이번 경우에는 내가 잘못했다고 생각하지 않는다. 그녀는 얼마 안 가 내 번호가 뜨면 아예 전화를 받지 않았다. 그것도 날 불안하게 만드는 데 한몫을 했다.

11월에 열린 브리브 도서전에서 페트로니유가 아주 이상해 보였다. 그래서 그 사실을 그녀에게 말했다.

「네가 어떤 눈으로 날 쳐다보는지 알아? 너의 그런 눈길이 날 이상하게 만드는 거야.」 그녀가 대답했다.

「꼭 그렇진 않아.」

「도대체 내가 어디가 이상해?」

「계속 히죽히죽 웃고, 끊임없이 먹어.」

「당연하지. 여긴 브리브라가야르드[38] 도서전이니까.」

어쩌면 그녀의 말이 맞을지도 몰랐다. 하지만 그 다음 달, 그녀가 자정이 다 된 시각에 나에게 전화를 걸어

---

38 Brive-la-Gaillarde. *gaillard*는 건강하고 쾌활하다는 뜻이다.

왔다.

「내가 네가 아니라는 걸 뭐가 증명해? 존재들 사이에 경계는 없어. 아멜리, 난 네가 그날 밤 마신 샴페인의 감각을 몸으로 느껴.」

「네가 요즘 시험하는 약, 그거 LSD야?」

「나 지금 창을 통해 파리를 바라보고 있어. 에펠 탑 속이 빈 거 알아? 그거 있잖아, 로켓 발사대야.」

「너 지금 기아나의 쿠루 위성 발사 기지와 혼동하는 거야.」

「그건 우주선 발사대고. 에펠 탑은 민간 로켓용이야. 발사 속도 초속 11킬로미터면 금방 대기권을 벗어나.」

「너 지금 나한테 도움을 요청하는 거야?」

「아니, 내가 너와 함께 떠난다는 걸 알려 주고 싶었어. 난 너를 우주 공간에 홀로 내버려 둘 수가 없어. 네가 레몬을 어떻게 자르는지 봤거든. 하지만 제발 그 오렌지색 파자마는 좀 벗어, 그 색만 보면 토하고 싶어지니까.」

「금방 갈게.」

그녀의 아파트까지 가는 동안 내가 얼마나 불안했는

지 무엇으로도 표현할 수가 없다. 층계를 네 단씩 뛰어올라 간 나는 생선을 튀기고 있는 페트로니유를 발견했다.

「너도 먹을래?」 그녀가 아무 일도 없었다는 듯이 물었다.

그녀가 생선 튀김을 프라이팬에서 접시로 옮겨 담고는 먹기 시작했다.

「넌 새벽 1시에 생선 튀김을 먹니?」

「응, 그런 얼굴 하지 마. 이건 합법적인 거니까.」

하지만 냄새는 날 납득시키지 못했다. 그녀가 게걸스럽게 먹는 동안 나는 부엌을 바라보았다. 상상하기 힘든 무질서가 그곳을 지배하고 있었다. 그곳은 독신 남자의 소굴 같았다.

「너, 누구랑 같이 지내고 싶지 않니?」

「어디 어떻게 된 거 아냐?」 그녀가 입에 음식물을 가득 문 채 버럭 화를 내며 대답했다.

「내 물음에 그토록 심각한 게 뭐가 있어?」

「내가 아무도 견뎌 내지 못한다는 거, 너도 잘 알잖아.」

「널 견뎌 내는 사람이 아무도 없는 건 아니고?」

「그건 내 문제가 아냐. 난 내 자유에 매우 만족해.」

내가 알약을 발견하고는 집어 들었다.

「엑스트라 브로멜라나제…… 자정에 나한테 전화를 걸 정도로 널 자유롭게 만들어 주는 게 바로 이거야?」

「그렇게 귀찮으면 받지 말지.」

「난 네가 걱정돼 죽겠단 말이야! 그래서 네 번호가 뜨면 받아. 네가 횡설수설하는 걸 보니 꽁지가 빠져라 달려오길 잘했네. 이 약은 뭘 치료한대?」

「조현병을 안정시킨대.」

「페트로니유, 더는 한 알도 먹어선 안 돼. 그리고 중대한 부작용을 구체적으로 적시하면서 당장 이 약물에 대한 보고서를 작성해.」

「우리 오버하진 말자고.」

「도대체 너한테 필요한 게 뭐야?」

「난 젊어. 그래서 위험을 즐기지. 난 이 직업의 러시안룰렛 같은 측면이 너무 좋아. 수입도 짭짤하고. 됐어?」

「자칫하면 죽을 수도 있어.」

「나도 알아. 그래서 러시안룰렛이라고 한 거야.」

「그럼 나는? 내 생각은 해봤어?」

「너는 나 없이도 살 수 있어.」

「그래. 하지만 잘은 못 살겠지. 넌 정말 이기적이야! 게다가 넌 죽지 않고 끔찍한 후유증에 시달릴 수도 있어.」

「그래서 어쩌자는 거야?」

「다른 밥벌이를 찾아.」

「찾아봤어. 식당 종업원, 자습 감독, 영어 과외…….그런데 지루하고 글 쓸 시간도 안 남아. 네가 글만 써서먹고 살 수 있는 몇 안 되는 사람 중 하나란 거 알아?책을 출간한 작가 백 명 중 단 한 명만 그럴 수 있어. 단한 명만!」

「세상에서 가장 아름다운 직업이지. 그게 쉽기를 바라서는 안 돼.」

「너를 보니까 쉬운 것 같아. 난 늘 작가가 되기를 꿈꿨어. 하지만 본격적으로 시도해 봐야겠다고 마음먹은건 너를 보고 나서야. 사람들은 너도 하는데 누군들 못하겠느냐고 생각해.」

「옳은 생각이네.」

「천만에. 그건 재능의 문제가 아냐. 난 너를 관찰했어. 너한테 재능이 없다는 말이 아냐. 난 너를 오랫동안 관찰한 후에 재능만으론 충분하지 않다는 결론을 내렸어. 비밀은 너의 광기야.」

「네가 나보다 천 배는 더 미쳤어. 약을 먹든 안 먹든!」

「난 너의 광기라고 말했어. 네 나름의 미치는 방식 말이야. 미친 사람들은 사방에 널렸어. 하지만 너 같은 미치광이는 존재하지 않아. 네 광기가 어떤 건지는 아무도 몰라. 너조차.」

「정확해.」

「사기가 이뤄지는 게 바로 거기야. 사람들은 아무도 너와 같은 연료를 사용하지 못하다는 사실을 깨닫지 못한 채 너 때문에 작가가 돼.」

「그래서? 후회해? 넌 아주 훌륭한 소설들을 썼어!」

「난 아무것도 후회하지 않아. 하지만 내 건강은 나 좋을 대로 망가뜨리게 내버려 둬. 왜냐하면 그건 지불해야 할 대가니까.」

「그렇다면 날 증인으로 삼지 마. 자정에 나한테 전화를 걸어서 에펠 탑이 민간 로켓 발사대라는 따위의 횡설수설은 하지 말란 말이야!」

「내가 그랬다고?」

「그럼 내가 왜 여기 와 있을 것 같니? 분명히 문제가 있어, 페트로니유. 널 이대로 내버려 두는 건 위험에 빠진 사람을 구하는 데 실패한 거나 마찬가지야. 내 집으로 가서 같이 지내자.」

「너희 집? 그 지상의 지옥으로?」

「참 고맙네요.」

「두 번 다시 자정에 전화 걸지 않겠다고 약속할게. 넌 이제 가도 돼.」

2010년 1월 초, 코생 병원에서 전화가 걸려왔다.

「저희 병원에 페트로니유 팡토라는 환자가 있는데요, 선생님께서 얼마간 자신을 돌봐 줄 수 있다고 하네요.」

「어디가 아픈데요?」

「그게 미스터리예요. 알레르기에 시달리는데…… 반응 물질이 한두 가지가 아니에요. 아무튼 지금 혼자 지내는 건 불가능해요.」

심각한 알레르기 환자가 내 집에 도착했다.

「구급차 얻어 탈 방법을 또 찾아냈네.」 내가 말했다.

「재미없어.」

「좋아. 신약 생동성 시험은 더는 안 할 거지?」

「절대.」

그녀는 좀처럼 털어놓으려 하지 않았다. 부작용이 생각할 수 없는 정도까지 도달했던 모양이었다.

우리의 동거는 석 달가량 지속되었다. 페트로니유는 여간 까다롭지 않았다. 먼지도, 오렌지색도, 치즈 냄새도, 내가 말려 놓은 꽃도, 내 음악도(「네 고딕 송가들, 정말 끔찍해!」), 내 생활 방식도(「벨기엔 줄 알았더니 독일 사람이네!」 — 난 그게 뭘 말하려는 건지 알 수 없었다) 참아 내지 못했다.

내가 보기에는 그녀가 변한 것 같았다. 미지의 약물에 대한 부작용 반응이 그녀에게 큰 충격을 준 게 분명했다. 그녀는 걸핏하면 우울해했고, M&M 초콜릿, 눈으로 덮인 내 해바라기 그림, 내 탈취제, 부엌 샹들리에(「도대체 생각이 없어, 부엌에 샹들리에라니!」) 같은 아주 이상한 것들, 그리고 소음에 극도로 민감했다. 끝으로, 그녀는 내 선인장과도 사이가 아주 안 좋았다. 그녀와 샴페인을 마시는 것조차 예전같이 즐겁지 않았다. 나는 그녀가 늘 긴장해 있고, 턱없이 과민하다고 느꼈다. 우리는 이해할 수 없는 이유로 자주 말다툼을 벌였다.

어느 날, 나는 불행히도 그녀가 그렇게 변한 건 그 빌어먹을 약 때문이라고 말해 버렸다. 그것이 화약에 불을 질렀다. 페트로니유는 짐을 싸서 나가 버렸다. 나는 그녀 앞에서는 두 번 다시 그 얘길 꺼내서는 안 된다는 것을 알았다.

태양 아래 새로운 것은 없다. 다시 말해, 누군가를 많이 좋아한다고 해서 그와의 동거가 순조로운 것은 아니다. 늘 그랬듯, 페트로니유는 몇 주 동안 입을 굳게 다물었다. 우리의 관계는 이러한 침묵으로 점철되었다. 다시 그녀의 침묵이 이어지는 동안, 나는 여전사의 자부심을 가지고 그녀를 생각했다. 페트로니유는 자신을 돌보려 하지 않는, 승리를 거둔 지난 전투에서 부상을 당했으면서도 다시 문학의 전선으로 나서는 영광스러운 병사였다.

폭력이라는 단어가 남발되는 이 가식덩어리들의 시대에, 그 젊은 소설가는 계속 글을 쓰기 위해 자신의 몸을 실제적인 위험에 노출시켰다. 그녀는 글쓰기 행위를 진정한 위험과 결합시키고 그것에 시대에 맞지 않는 월계관을 씌워 줌으로써 미셸 레리스의 책,『투우로서의 문학』을 독특한 방식으로 예증했다.

　페트로니유가 화가 났다 싶으면 나는 그녀에게 주도
권을 넘겨 줬다. 그녀는 몇 달 후 나에게 전화를 걸어,
플라마리옹 출판사에서 곧 소설이 나올 거고, 자신은
앞으로 룩셈부르크의 한 유수한 주간지에서 문학 비평
가로 일하게 될 거라고 말했다. 난 이 마지막 말에 깜짝
놀랐다.

　「룩셈부르크는 무슨 인연이 있어서? 비밀 계좌라도
갖고 있어?」

　「나 돈 없는 건 너도 잘 알잖아.」

　그랬다. 내가 아는 이 중에 그녀 같은 빈털터리는 눈
을 씻고 찾아봐도 없었다. 언젠가 내가 그녀의 양말에
구멍이 난 것을 보고는 새 양말을 하나 장만하라고 말
했을 때, 그녀는 여러 짝을 겹쳐 신으면 된다고 대답했
다. 「양말은 절대 같은 곳에 구멍이 나지는 않아.」 그녀
는 이렇게 추론했다.

　「그렇게 짱짱한 자리는 어떻게 찾아냈어?」 내가 캐
물었다.

「설명하려면 너무 복잡해.」

페트로니유의 삶은 그런 미스터리들로 넘쳐 났다. 그 글쓰기의 모험가는 수완 또한 부족하지 않았다. 곧 많은 프랑스인들이 그녀의 비평을 읽었고, 사고의 독립성과 필체의 우아함에 놀라움을 금치 못했다. 그녀는 인정받는 비평가가 되었다.

그런 지위를 얻었을 때 대개 교만이라는 위험이 찾아온다. 아마 대부분은 그런 상황을 이용해 문단의 유력 인사 노릇을 하려고 들지 않았을까? 『망령의 분포 *La Distribution des ombres*』는 이전에 발표한 소설과 마찬가지로 다른 소설가였으면 입이 침이 마르도록 자랑하고 다녔을 명망 높은 문학상을 그녀에게 가져다주었다. 하지만 페트로니유는 그런 것에는 아예 신경도 안 쓰는 눈치였다.

그것이 시작된 건 아마 그 이듬해였던 것 같다. 아는 게 거의 없는 일에 대해 얘기하기는 어렵다.

페트로니유가 사랑에 빠진 것 같기는 한데, 나로서는 확신할 수가 없다.

누구하고? 그건 더 모르겠다. 잘 되어 가기는 하나? 그것도.

그녀가 다시 내 술친구가 되었기 때문에, 그녀가 나만큼 취했을 때 슬쩍 운을 띄워 봤는데 소용이 없었다. 샴페인은 많은 주제에 대해 그녀를 달변으로 만들어 놓았지만, 그 주제는 예외였다.

그렇지만 그것이 글 쓰는 것을 방해하지는 않았다. 사랑이 영감을 고갈시킨다는 말은 잘 못 들어 봤다.

2012년, 그녀는 내가 알기로 가장 아름다운 묵시 소설 『즉각적인 여자들Les Immédiates』을 출간했다. 얼마 안 가, 문신에 대한 그녀의 환상적인 소설 『슬픔의 피Le Sang de chagrin』도 읽을 수 있었다. 눈에 확연히 들어오진 않았지만, 그 책들은 모두 나름대로 사랑 이야기였다.

페트로니유는 여행을 했다. 그녀는 부다페스트로 떠났고, 뉴욕으로 사라졌다. 그녀는 『감정 교육』의 프레테리크 모로처럼 〈여객선의 멜랑콜리〉를 느껴 보고 싶다고 했다.

「뉴욕 갈 때 여객선 타고 갔어?」 내가 깜짝 놀라 물었다.

　「중요한 건 그런 인상을 받는 거야.」 그녀는 수수께끼 같은 대답을 내놓았다.

2014년 초, 나는 너무나 얼토당토않아서 도무지 믿고 싶지 않은 소문 하나를 접했다. 페트로니유가 소위 밤의 세계에서 일주일에 몇 번씩 러시안룰렛 쇼를 벌인다고 사람들이 나에게 전해 줬던 것이다.

나는 터무니없다며 깔깔대고 웃었다. 내가 떠도는 소문을 전해 주려고 ── 「사람들은 부자들한테만 돈을 빌려준다니까.」 나는 이렇게 말하려고 했다 ── 전화를 걸려고 하는데, 마침 전화벨이 울렸다.

「목요일 저녁에 못 갈 것 같아.」

「어느 목요일? 다음 주?」

「3월 20일.」

「그날은 네 생일이잖아.」

「일이 있어.」

「넌 네 생일날 저녁에도 일하니?」

「그렇게 됐어.」

「네 입으로 그날 저녁은 시간 비워 두라고 했잖아!」

「끊을게.」

그녀는 전화를 끊었다. 나는 기분이 안 좋았다. 나는 그것이 그 이상한 밀회 중 하나일 거라고 믿고 싶었다. 〈그런데 목소리가 왜 저렇게 침울하지?〉 나는 궁금했다.

내가 접한 소문에 의하면, 페트로니유가 생사뱅 가에 있는 한 지하실에서 러시안룰렛 쇼를 한다고 했다. 이제 3월 20일 저녁 시간이 비어 버렸으니, 내가 그 문제의 지하실에 못 들르게 막는 건 아무것도 없었다.

3월 20일, 나는 저녁 7시경에 다른 손님들 틈에서 눈에 띄지 않게 생그랄의 구내식당 주인 아줌마처럼 차려입고 문제의 장소에 도착했다.

〈가엾은 페트로, 돈이 바닥나지 않고서야 담배 연기에 절은 이런 허접한 곳에서 일하겠다고 나설 리가 없어!〉 나는 이렇게 생각했다.

나는 얼음을 가득 채운 방수 배낭에 2002년산 조제 프페리에 블랑 드 블랑 한 병을 넣어 왔다. 양쪽 주머니에 샴페인 잔 하나씩을 꽂고. 그렇게 챙겨 간 건 아주 잘한 일이었다. 왜냐하면 고딕풍이 의무인 생사뱅 지하실의 메뉴판에는 맥주와 향료를 넣은 중세식 포도주밖에 없었으니까.

경찰이 들이닥쳤을 때 골치 아픈 일이 생기는 걸 피하기 위해서든, 그 이야기가 헛소문에 지나지 않아서든, 러시안룰렛 쇼를 홍보하는 포스터는 전혀 눈에 띄지 않았다.

그곳의 둥근 천장은 지하 묘지를 떠올리게 했고, 조명은 암매장을 할 때나 어울릴 것 같았으며, 손님과 종업원들은 손가락마다 해골 반지를 보란 듯이 끼고 있었다. 그곳에 있는 모든 것이 죽음을 예고하고 있었다. 불안이 내 내부에 점점 더 깊이 자리 잡았다.

바로 그때 아름다운 노래가 울려 퍼졌다. 내 두뇌가 그 노래의 제목 — 시스템 오브 어 다운의 「룰렛」 — 을 떠올리는 데는 시간이 좀 걸렸다. 사람들은 입을 다무는 것으로 그 신호에 반응했다. 무대도 연단도 없었기 때문에, 페트로니유는 바 앞쪽으로 걸어 나왔다. 그녀가 커 보인 건 그때가 처음이었다. 아마도 그녀 혼자 서 있어서 그런 것 같았다. 그녀가 청바지 주머니에서 권총을 꺼내 크고 또렷한 목소리로 짧은 연설을 시작했다.

「신사 숙녀 여러분, 러시안룰렛은 절대 시들해지지

않는 게임입니다……」

나는 더 이상 듣지 않고 있었다. 맙소사, 그러니까 소
문이 사실이었던 것이다! 공황 상태에 이어 곧 순수하
고 단순한 두려움이 나를 덮쳤다. 내 몸이 돌처럼 딱딱
하게 굳을 정도로.

그녀가 규칙을 모를 수도 있는 사람들을 위해 리볼
버 빈 탄창을 보여 준 후에 탄환 한 발을 끼워 넣고는
닫고 빙그르르 돌렸다. 그녀는 이 말로 연설을 마무리
했다.

「혹시 홀에 지원자 있습니까?」

관객들이 웃음을 터뜨렸다. 나 빼고.

「믿을 수 있는 건 자신밖에 없죠. 늘 그래요.」

시스템의 노래가 끝나 있었다.

「이제 조용히 해주실 것을 부탁드립니다.」

즉시 홀 안이 쥐 죽은 듯 고요해졌다. 사람들은 탄창
이 돌아가는 소리를 들었다. 아니면 적어도 그것을 들
었다고 믿었다. 왜냐하면 눈앞에서 벌어지는 일에 온
신경을 집중했으니까. 페트로니유가 총구를 관자놀이
에 대고 말했다.

「총살형을 선고받았고 마지막 순간에 사면받을 거라는 사실을 몰랐던 도스토옙스키는 형장에서 경험한 것을 이렇게 전합니다. 순간들이 아찔할 정도로 길게 늘어났고, 별것 아닌 사물들이 터무니없을 정도로 아름다웠으며, 두 눈이 마침내 봐야 하는 것을 향해 열렸다고요. 이 자리에 선 저는 여러분에게 단언할 수 있습니다. 그의 말이 맞았어요.」

그녀가 방아쇠를 당겼다. 아무 일도 일어나지 않았다. 내가 신께 감사를 표하기 위해 무릎을 꿇으려는데, 그녀가 다시 말을 이었다.

「서부 영화에서는 이 물건을 〈여섯 방〉이라고 부릅니다. 따라서 저는 방아쇠를 여섯 번 당길 겁니다. 앞으로 다섯 방!」

그녀가 다시 방아쇠를 당길 준비를 하고 있을 때, 아주 희미한 기억이 내 뇌리를 스쳤다. 10여 년 전에 〈러시안룰렛 한 방에 배우기〉 아니면 그 비슷한 제목의 비디오가 돌아다녔는데, 한 전문가가 나와 탄환을 원하는 곳에 위치하게 탄창을 돌리는 기술을 가르쳤다. 페트로니유가 그 기술을 배운 것일까? 나는 그러기를 희망했다.

그녀가 방아쇠를 당겼다. 아무 일도 없었다.

「앞으로 네 방!」 그녀가 선언했다.

나는 탄창을 돌리는 그녀의 움직임을 유심히 살폈다. 계산이 숨어 있는 걸 전혀 감지할 수 없다는 점에서 그 움직임은 완벽했다. 나로서는 절대 그 미스터리를 풀지 못할 것 같았다.

「이제 총구가 저절로 관자놀이를 찾아갑니다.」 그녀가 말했다.

그녀가 방아쇠를 당겼다. 아무 일도 일어나지 않았다.

설사 그 비디오를 봤다 하더라도, 페트로니유가 감수하는 위험은 어마어마한 것이었다. 숙달된 전문가라도 자칫 실수를 저지를 수 있었을 텐데, 하물며 소설가 따위가.

그녀가 방아쇠를 당겼다. 아무 일도 없었다.

「앞으로 두 방!」

냉정을 유지하는 건 페트로니유밖에 없었다. 나를 필두로 홀 전체가 최면 상태에 빠져 있었다. 우리가 느낀 것, 우리가 무거운 침묵으로 표현한 것은 두려움을 넘어서는 어떤 것, 정지된 절정이었다. 시간이 더는 흐르지 않았고, 매초가 끝없이 분할되었다. 우리는 모두 형장에 선 도스토옙스키였고, 우리의 관자놀이에서 총구를 느꼈다.

그녀가 방아쇠를 당겼다. 아무 일도 일어나지 않았다.

「이제 마지막 한 방!」

번개 같은 통찰이 머리끝에서 발끝까지 날 훑고 지나갔다. 나를 단번에 페트로니유와 그토록 가깝게 만들어 놓은 것은 아주 구체적인 그 감각, 어떠한 생물학적 충동, 어떠한 합리적 분석과도 일치하지 않는, 사람들이 더 나은 표현이 없어서 〈위험을 추구하는 성향〉이라고 부르는 그 도취, 글로 쓰기에는 너무 노골적이어서, 덜 스펙터클하지만 못지않게 결정적인 방식으로 예증한 바 있는 바로 그 도취였다. 물론 이 조심성의 황금시대에 우리는 다수가 아니었다. 그런 만큼 우리는 서로를 더 잘 이해했다. 내가 어떻게 그녀가 돈 때문에 그 쇼를 한다고 생각할 수 있었을까? 그리고 그녀는 어떻게 짭짤한 수입을 목적으로 신약 생동성 시험에 참여했다고 주장할 수 있었을까? 페트로니유가 위험을 무릅

썼고, 또다시 이 정도로 위험을 무릅쓰는 것은 극도의 흥분, 내가 존재한다는 감정의 황홀한 팽창을 경험하기 위해서였다.

그녀가 방아쇠를 당겼다. 아무 일도 없었다.

홀 안 여기저기서 환호성이 터져 나오자, 페트로니유는 우리에게 조용히 하라고 명하고는 말했다.

「무엇보다 제가 여러분을 속인다고는 생각하지 마십시오.」

그러고는 탄창을 돌리지 않고 계산대 위쪽에 있는 병 하나를 겨냥하더니 방아쇠를 당겼다. 총소리가 너무 커서 병 깨지는 소리가 거의 들리지 않았다.

우레 같은 박수가 쏟아졌다. 페트로니유가 환하게 빛나는 얼굴로 나 혼자 앉아 있던 테이블로 와서 내 곁에 앉았다.

「브라보! 정말 굉장했어!」 내가 기뻐 외쳤다.

「정말?」 그녀가 내숭을 떨며 물었다.

「서른아홉 번째 생일을 축하하는 정말 독창적인 방식이야! 히치콕의 〈39계단〉을 염두에 둔 거야?」

「수다는 이 정도로 해두고, 뭐 마실까?」

「필요한 거, 나한테 있어.」내가 샴페인 병을 꺼내며 대답했다.

내가 잔을 채우고 그녀의 영광스러운 위업을 위해 축배를 들었다. 첫 모금이 날 매료시켰다. 러시안룰렛처럼 이 음료는 매번 새롭다.

「너, 하마터면 나 없이 혼자 마실 뻔했어.」페트로니유가 말했다.

「네가 나에게 전투가 끝난 후를 대비해 늘 샴페인 한 병을 차게 보관해 뒀던 나폴레옹의 좌우명 중 하나를 실행에 옮길 기회를 제공했어. 그는 이렇게 말했지. 〈승리할 경우, 나는 이걸 마실 자격이 있다. 하지만 패배할 경우에도 나에겐 이것이 필요하다.〉」

「네 판결은 뭐야?」

「넌 이걸 마실 자격이 있어. 생일 축하해.」

나는 평소처럼 아주 빨리 말을 했다. 밤늦은 시각, 우리는 신만이 무엇인지 아는, 알코올로 인해 중요성이 과장된 주제를 놓고 말다툼을 벌였다. 우리는 리샤르 르누아르 대로를 거슬러 올라가고 있었다. 기개가 꺾

이는 법이 없는 페트로니유가 탄창에 탄환 한 발을 넣고는 자기 좋을 대로 돌렸다. 그녀가 총구를 내 관자놀이에 대고는 방아쇠를 당겼다.

「이번에 길거리에서 싸움을 벌이다 죽는 건 크리스토퍼 말로가 아냐.」 그녀가 내 시체에 대고 말했다.

그녀는 내 배낭을 뒤져 이 원고를 찾아냈다. 그녀는 이 원고를 주머니에 넣고 내 시체를 생마르탱 수로에 내던졌다.

다음 날은 일하는 날인 금요일이었다. 페트로니유는 께름칙한 마음을 털어 버리기 위해 내 출판사에 이 원고를 가져갔다.

「그리 길지 않아요. 근처에 있을 테니까 읽어 보신 다음에 얘기해요.」

그사이, 그녀는 내 방에 떡하니 자리를 잡고는 우리가 익히 아는 그 거리낌 없는 태도로 팀북투에 있는 누군가와 두 시간 반 동안 전화 통화를 했다.

출판사에서 그녀를 찾아와서 내 원고는 오히려 경찰서에 갖다 줘야 하는 게 아니냐고 물었다.

「그건 당신이 판단하세요.」 그녀가 대답했다.

페트로니유는 고양이처럼 살그머니 빠져나가 파리의 지붕들 위로 사라졌다. 내 생각에는 그녀가 아직도 그곳을 돌아다니고 있을 것 같다.

한편, 나는 수로 밑바닥에서 얌전한 시체가 되어 곰곰이 생각에 잠긴다. 그리고 이 사건에서 나한테 아무 쓸모도 없는 교훈들을 얻는다. 나는 글을 쓰는 게 위험하다는 것을, 목숨이 위태롭게 된다는 걸 아무리 알아도 소용이 없다. 매번 걸려들고 마니까.

술과 문학, 그리고 호연지기

술과 문학, 그리고 친구는 늘 하나였다. 좋은 사람과 함께 술잔을 기울이며 설(說)을 푸는 것이 고달픈 삶을 견딜 만하게 만들어 주는 활력소가 되어 주기 때문이리라. 하지만 사실 그 일이 마냥 그리 즐거운 것만은 아니다. 때로는 끝없이 이어지는 술자리에 끌려다니기도 하고, 취한 와중에도 지금 뭐하는 짓인가 회의를 품기도 하고, 아침에 일어나 쓰린 속을 달래며 〈이제 그만!〉 다짐을 하기도 한다. 그래서 술과 문학에 관련해 최근에 나의 격한 공감을 불러일으킨 것은 오히려 이 푸념이다. 「술자리는 내 뜻대로 시작되지 않고 제멋대로 흘러가다 결핍만 남기고 끝난다. 술자리로 인한 희로애

락의 도돌이표는 글쓰기의 그것과 닮았다.」(권여선,
『안녕, 주정뱅이』) 그래도 조금은 덜 영악한, 조금은 덜
떨어진 우리는 아무 데도 이르지 못하리라는 것을, 결
핍만 남으리라는 것을 뻔히 알면서도 우리 뜻대로 시
작되지 않는 그 술자리와 글쓰기의 도돌이표 속으로
매번 다시 걸어 들어간다.

그런데 술과 문학에 대한 아멜리 노통브의 생각은
사뭇 다르다. 훨씬 무모하고 실험적이며 낭만적이다.
그녀에게 〈도취는 즉흥적으로 이뤄지지 않는다. 그것
은 재능과 몰두가 요구되는 예술에 속한다. 술을 무턱
대고 마셨다가는 어디에도 이르지 못한다.〉 도취가 주
는 〈의식의 증대 상태〉에 이르기 위해서는 우선 자신을
비워야 한다. 말하자면 쫄쫄 굶어야 한다. 내 경험으로
볼 때, 이 실험은 상당히 무모하다. 공복에 마시는 술은
달고, 그 달콤함은 영혼의 고양 단계를 넘어 결국 인사
불성 상태에 이르게 하니까. 아멜리 노통브도 그것을
안다. 그래서 〈무턱대고〉가 아닌 이 실험적인 무모함
앞에 〈귀족적〉이라는 수식어를 붙인다.

율리시스에게 귀족적인 무모함이 있어 제 몸을 돛
대에 묶지 않았다면, (……) 나와 함께 사이렌들의 금
빛 노래에 흔들려 가며 대양의 밑바닥으로 가라앉았
을 것이다.

아멜리 노통브는 이 귀족적인 무모함이 누구나 글을
쓰는 시대에 문학을 하는 자세와도 연관이 있다고 생각
한다. 그녀가 자신의 사인회에 찾아온 페트로니유(실제
모델은 동료 소설가 스테파니 오셰Stéphanie Hochet로
알려져 있다[1])를 술친구로 삼은 것도 그녀에게서 〈서른
도 채 안 된 나이에 술집 입구에서 벌어진 터무니없는

---

[1] 책에 등장하는 페트로니유의 작품들은 모두 스테파니 오셰의 소설 제
목에서 따온 것이다. 페트로니유 팡토의 데뷔작 『꿀 식초Vinaigre de miel』
는 스테파니 오셰의 『달콤한 머스터드Moutarde douce』에서 이름을 바꾼
것이고, 나머지 작품들도 마찬가지다. 『네옹Le Néon』은 『레옹의 허무Le
Néant de Léon』, 『에쿠아도르의 묵시록L'Apocalypse selon Ecuador』은 『앙
브룅의 묵시록L'Apocalypse selon Embrun』, 『신경질적인 여자들Les
Coriaces』은 『지긋지긋한 여자들Les Infernales』, 『내 힘이 안 느껴져Je ne
sens pas ma force』는 『내 힘을 모르겠어Je ne connais pas ma force』, 『배고
픔을 사랑하라Aimer le ventre vide』는 『사랑과 배고픔의 전쟁Combat de
l'amour et de la faim』, 『망령의 분포La Distribution des ombres』는 『빛의
분포La Distribution des lumières』, 『즉각적인 여자들Les Immédiates』은
『하루살이들Les Ephémérides』, 『슬픔의 피Le Sang de chagrin』는 『잉크 피
Sang d'encre』에서 각각 따왔다.

난투극에 휘말려 죽은 그 대단한 작가들(셰익스피어 시대의 문인들)의 면모이기도 했을 불량소년의 모습〉, 그 〈놀라운 품격〉을 봤기 때문이다. 그녀는 술주정과 노상 방뇨, 음주 스키, 사하라 사막 도보 횡단, 신약 생동성 알바, 심지어 러시안룰렛에도 뛰어드는 페트로니유(아멜리가 꿈꾸는 〈또 다른 나〉는 아닐까?)와의 우정을 통해 〈걸핏하면 폭력을 외쳐 대는 이 가식덩어리들의 시대에 계속 글을 쓰기 위해 자신의 몸을 실제적인 위험에 노출시키는 젊은 예술가〉, 〈승리를 거둔 지난 전투에서 부상을 당했으면서도 다시 문학의 전선으로 나서는 영광스러운 병사〉를 향수한다. 도취에 이르기 위해 자신을 비워야 하듯, 〈매번 글쓰기라는 위험한 작업에 걸려들고 마는〉 자에게는 위험을 감수하고 온몸으로 삶과 맞장을 뜨는 호연지기가 있어야 한다.

일전에 한 문단의 원로가 문학은 골방에 틀어박혀 문장을 다듬는 일이 아니라고 일갈한 것도 아마 이와 같은 맥락이 아닐까 싶다. 그런데 비딱한 관점에서 보면, 아멜리 노통브가 페트로니유의 입을 빌려 스스로를 조롱하듯, 〈글만 써서 먹고 살 수 있는 몇 안 되는〉

사람들이 하는 〈팔자 좋은 소리〉는 아닐까? 생각이 많아진다……. 어쨌거나 어서 이 후기를 마무리하고 친구를 불러내 술부터 한잔 해야겠다.

  끝으로 번역 대본으로는 *Pétronille*(Paris: Albin Michel, 2014)를 사용했음을 밝혀 둔다.

2016년 11월

이상해

옮긴이 **이상해** 한국외국어대학교와 동 대학원 불어과를 졸업하고 프랑스 스트라스부르 대학, 릴 대학에서 박사 과정을 수료했다. 현재 한국외국어대학교에 출강하고 있다. 『여왕 측천무후』로 제2회 한국 출판 문화 대상 번역상을 수상했다. 옮긴 책으로 아멜리 노통브의 『푸른 수염』, 『머큐리』, 에드몽 로스탕의 『시라노』, 미셸 우엘벡의 『어느 섬의 가능성』, 델핀 쿨랭의 『웰컴 삼바』, 파울로 코엘료의 『11분』, 『베로니카, 죽기로 결심하다』, 크리스토프 바타유의 『지옥 만세』, 조르주 심농의 『라 프로비당스호의 마부』, 『교차로의 밤』, 『선원의 약속』, 『창가의 그림자』, 『베르주라크의 광인』, 『제1호 수문』 등이 있다.

샴페인 친구

발행일	2016년 12월 25일 초판 1쇄
	2017년 12월 30일 초판 3쇄

지은이	아멜리 노통브
옮긴이	이상해
발행인	홍지웅 · 홍예빈
발행처	주식회사 열린책들

경기도 파주시 문발로 253 파주출판도시
전화 031-955-4000 팩스 031-955-4004
www.openbooks.co.kr

Copyright (C) 주식회사 열린책들, 2016, *Printed in Korea.*
ISBN 978-89-329-1812-9 03860

이 도서의 국립중앙도서관 출판예정도서목록(CIP)은 서지정보유통지원시스템 홈페이지(http://seoji.nl.go.kr)와 국가자료공동목록시스템(http://www.nl.go.kr/kolisnet)에서 이용하실 수 있습니다.(CIP제어번호:CIP2016029853)